JN042402

君の
大大

原作:中村力斗
作画:野澤ゆき子
小説:はむばね
[君のことが大大大大大好きな100人の彼女 番外恋物語～シークレットラブストーリー～]
小説 JUMP j BOOKS

登場人物紹介!!!

愛《あい》城《じょう》恋《れん》太《た》郎《ろう》

中学生時代に100人にフラれたが、
高校では運命の人が100人いると告げられる。
次々に現れる彼女たちを
分け隔てなく全力で愛する。

NOVEL

KIMINOKOTOGA
DAI×5SUKINA
100NINNOKANOJO

番外恋物語～シークレットラブストーリー～

恋太郎の彼女たち

花《はな》園《ぞの》羽《は》香《か》里《り》

高校1年生。
ファミリー内随一の計算高さを誇る、
グラマラスでセクシーな彼女。

院《いん》田《だ》唐《から》音《ね》

高校1年生。
100カノきっての
ツッコミメンバー。

好《よし》本《もと》静《しずか》

高校1年生。
読書が大好きで
お淑やかな図書委員。

栄《えい》逢《あい》凪《な》乃《の》

高校1年生。
学年トップの成績を誇る
超効率厨な美女。

薬《やく》膳《ぜん》楠《くす》莉《り》

高校3年生。
8歳と18歳の体を持つ
マッドサイエンティスト（化学部の部長）。

花《はな》園《その》羽《は》々《は》里《り》

29歳、学校理事長。
羽香里の母親。

原《はら》賀《が》胡《くる》桃《み》

中学3年生。
フードとヘッドフォンが
トレードマーク。

銘《めい》戸《ど》芽《め》衣《い》

19歳、花園家に使える
忠犬メイド。

KIMINOKOTOGA
DAI×5SUKINA
100NINNOKANOJO
NOVEL

番外恋物語～シークレットラブストーリー～

CONTENTS

この作品はフィクションです。
実在する人物・団体・事件などには、
いっさい関係ありません。

第一話

密着！　愛城恋太郎二十四時!!

愛城《あいじょう》 恋太郎《れんたろう》、十五歳。彼は現在、ウキウキとした様子で街を歩いていた。

これから、愛おしくて愛おしくてたまらない彼女とのデートなのだ。

今回は、そんな彼の一日を追ってみよう。


【土曜・午前9時】

「お待たせ羽香里《はかり》っ！」

待ち合わせ場所である商店街の時計台前、恋太郎は先に着いていた女性へと駆け寄る。

「ふふっ、全然待ってないので大丈夫ですよ」

そう言って甘やかに微笑《ほほえ》む彼女の名は、花園《はなぞの》羽香里。

恋太郎の、『彼女』である。

羽香里は、ちょっと息を荒らげる恋太郎の顔をジーッと凝視する。

「……？ 俺の顔に、何か付いてる？」

疑問符混じりに頬《ほお》を掻《か》く恋太郎。

「今日も世界一格好いい恋太郎君の眉と目とお鼻とお口が付いてますっ♥」

「んんっ……！」

　可憐なスマイルに、心臓が爆発したかと思った恋太郎は思わず自らの胸を押さえる。なお心臓はしっかり鼓動を刻んでおり、爆発してはいなかった。この程度で爆発していては、愛城恋太郎の心臓は務まらないのである。

「じゃあ、行こうか」

「っ、はいっ！」

　恋太郎が自然に羽香里の手を取って歩き始めると、少し声を跳《は》ねさせた後に羽香里もキュッと握り返してくる。小さく、柔らかな感触が愛おしい。

　そのまま歩くことしばし、辿り着いた先は猫カフェだった。

「この間初めて来たんですけど、推しを見つけちゃったんですよっ」

　という羽香里のリクエストに添ってやってきた形である。

「あっ、ほら早速来てくれましたっ！」

　案内された席につくと、すぐに一匹の猫が羽香里の膝の上に跳び乗ってきた。

「見てください、恋太郎君にそっくり～！」

「そ、そうかな……？」

　本人はあまりピンときていない様子だが、その猫の凜々《りり》しい眉や力強い瞳は確かに恋太郎を彷彿《ほうふつ》とさせるものである。

「よしよ～し」

優しい手付きで、羽香里は猫の背中を撫《な》でていく。

その様を、恋太郎もまた優しい瞳で見守りながら。

「な、なんか俺が撫でられてるみたいでちょっと照れるな……」

先程の羽香里の言葉から連想しているのか、少し赤くなった自らの頬を掻く。

「ふふっ」

そんな彼氏の行動に、羽香里はちょっとイタズラっぽく笑って身を乗り出した。

「こっちも、よしよ～し」

「！」

対面に座る羽香里に頭を撫でられ、恋太郎は一瞬身を固くする。けれどすぐに、羽香里のするがままに身を委ねた。恋太郎のツンツン髪を羽香里の細い指が梳《す》いていく、少しくすぐったい感触。お互い何も言わず。この時間を楽しんでいた時だった。

「きゃっ？」

羽香里の体勢が変わったせいか、膝の上の猫もまた動いた……羽香里の、スカートの中へと。そして、羽香里の内腿《うちもも》をペロリと舐める。

「やんっ♥　もう、イタズラっ子さんなんですから……！」

可愛《かわい》い声の後にイタズラ猫を捕獲し、ツンとそのおでこを撫でる羽香里だった。

と、表面上はギリギリ体裁を保っていた羽香里だが……その脳内はといえば。

（あへへへへへへへへへへへへへへへへ）

あへへへへへへへへへへへへへへへへへへであった。

（恋太郎君に似た猫ちゃんに舐められちゃったということはそれはもう恋太郎君に舐められたも同義ではむしろ恋太郎君に舐められちゃった気がしてきましたあぁむしろ今も舐められているような恋太郎君もっと舐めてくれていいんですよ色んなところをどこでも！）

妄想はグングン膨らんでいき、今や羽香里の脳内恋太郎は羽香里のいけないところまで舐めちゃっていた。羽香里の頬は上気してきて息も荒く、心臓はトクトクトクトクと早鐘のように脈打っている。その胸のつんとした隆起が下着に擦《こす》れる度に、漏れそうになる声を抑えるのに必死だった。そして、彼女の濡れそぼる蜜《これ以上描写すると本屋さんで置かれるコーナーが変わっちゃうので削除されました》

【土曜・正午】

この後はお稽古の時間だという羽香里と別れ、恋太郎は次の待ち合わせ先である動物園の前へ。すると、そこには既に金髪ツインテールの少女が待っていた。

「お待たせ、唐音《からね》っ」

「別に、あんたを待ってたわけじゃないんだからねっ！」

早速ツンデレを発揮する彼女の名は、院田《いんだ》唐音。

恋太郎の、『彼女』である。

「それじゃ、行こっか」

流石《さすが》にもう慣れたもので、恋太郎は「全然待ってないから気にしないで」と脳内変換して動物園の入場口の方へと歩き始める。同時に、唐音の手を取った。

「っ……」

唐音は一瞬身を固くしたものの。

「……ふんっ」

少し赤くなった顔を逸らすだけで、決して拒みはしなかった。


そうして、園内では。

「ふんっ……ドッシリとした重量感が強そうで、古代生物みたいな見るからに硬そうな皮膚が格好いいかもねっ」

「そうだね、サイは強そうで格好いいよね」

「ふんっ……ペタペタ歩く姿が可愛いし泳ぐ姿はシャープで綺麗なんじゃないのっ」

「ペンギンって、ホント水陸両面で魅力があるよね」

「ふんっ……もっしゃもしゃ笹を食べてるとことか歩いてる姿とか、ぬいぐるみが動いてるみたいで愛らしいだけなんだからっ」

「パンダの可愛さは、宇宙人か何かの介入を疑うレベルだよね」

そんな感じで、動物相手にはツン成分も控えめな唐音をニコニコ見守る恋太郎という構図がそれぞれの檻の前で展開されていた。

「あっ、触れ合いコーナーだ。唐音、行ってみない？」

「あんたがどうしてもって言うなら、行ってもいいけど！」

「うん、どうしても行きたいんだ！　行こう行こう！」

恋太郎の提案ではあるが、実際には唐音の視線が触れ合いコーナーの看板に釘付けになっているのを見て促した形である。唐音もそれには気付いており、素直になれない自分をさりげなくフォローしてくれるところにキュンとしていた。

「おーっ、ウサギさんだ！　抱っこしていいんだって！　ほら、唐音も！」

「ふんっ……」

恋太郎に勧められて仕方なく、といった体《てい》で唐音はウサギを抱き上げる。けれどその手付きは慎重で、繊細で……抱き上げた瞬間、パァッと瞳が輝く。

「ふわっふわで、もこもこで……」

「うん、可愛いな」

「ヒクヒク動く鼻が可愛いし、よく聞くと『ぶうぶう』って言ってるのも面白くて……」

「うん、可愛いな」

「ほんのり香る草の匂いがたまらない……」

「うん、可愛いな」

「……だなんて、思ってないんだからね！」

動物相手でもデレが過ぎたのか、ツンと唐音はウサギから顔を逸らす。

結果、恋太郎の方を見ることになり……バッチリと目が合って。

「うん、可愛いな」

「んなっ……!?」

先程から恋太郎が、ずっと唐音を見ながら「可愛い」と言っていたことを知る。

「ウサギも可愛いけど、ウサギを可愛がる唐音も銀河一可愛いよ。ずっと見ていたい」

「ななっ……!?」

恋太郎のストレートな物言いに、唐音の顔が真っ赤に染まっていく。そして、ついには限界を迎えたのだろう。恋太郎に正面からギュッと抱きつく。

「う、嬉しい……」

ここまでなら、彼女としての素直な行動なのだが。

見る見る、その腕に力が籠《こ》もっていき……。

「だなんて、思ってないんだからね！」

「彼女との触れ合いコーナーありがとうございます！」

ベアハッグの形になっちゃうのが、実に唐音であった。


【土曜・午後3時】


この後は友人との約束があるという唐音と別れた恋太郎は、次の待ち合わせ場所である図書館に向かう。建物の前では、小柄な少女がソワソワした様子で佇《たたず》んでいた。

「お待たせ、静《しずか》ちゃんっ」

「……！」

声に反応して恋太郎の方に顔を向けると、連動して癖っ毛もピョンと跳ねて可愛い。

「『私も、今到着したところだ』」

スマートフォンのテキスト読み上げアプリによって物語の文章を己の言葉の代わりに喋らせる彼女の名は、好本《よしもと》静。

恋太郎の、『彼女』である。

「『いざ行かん』『桃源郷《シャングリラ》』」

ニコニコ笑う彼女と共に、館内へ。

「今月の新刊で、何かオススメってあるかな？」

「『任せるが良い』」

新刊コーナーで尋ねると、静はぴょこぴょこ行き来しながらオススメの新刊を指差していく。その姿に、出会った当初も似たようなことがあったなぁと恋太郎はクスリと笑った。

そして、今オススメされたものは全部借りようとタイトルを頭に叩き込むのだった。

「流石、詳しいね」

「『嗜《たしな》む程度だがね』」

恋太郎の褒め言葉に、静はテレテレとちょっと頬を赤くする。

それからふと、静の視線が横へと逸れた。小説の隣、漫画の新刊コーナーだ。

「この図書館は漫画も置いてあるんだね……おっ、これ新刊出てたんだ」

同じくそちらを見た恋太郎は、追っているシリーズの新刊を何気なく手に取った。

「『それが、そなたのお気に入りか？』」

静が、恋太郎の手にする漫画に興味深げな視線を注ぐ。

「うん、これが面白くって。大人の男女の恋を描いてるんだけど、二人共普段は社会人として凄く優秀なのに恋のこととなると中学生みたいになっちゃって可愛いんだよね」

恋太郎の説明に、静は相槌代わりにコクコクと何度も頷《うなず》いた。

「最初の方の巻は……借りられちゃってるか。良ければ、今度俺のを貸そうか？」

「『ありがたき幸せ』」

約束を取り付け、静も嬉しそうだ。

「でも、漫画にも興味があったんだね？」

静が読むのは、専《もっぱ》ら小説だ。漫画も読まないわけではないのだろうが、あまり読んでいるイメージはなかった。そう思って尋ねると、静はなぜかちょっと恥ずかしそうに顔を伏せる。そして、そのまま操作したスマホから読み上げられたのは。

「『好きな方の、好きな』〝ものは、好きになりたいと思ったのだった〟」

という健気な言葉で、恋太郎は「んんっ……！」と心臓を押さえた。

「『他にも勧めがあれば』『読んでみたいものだな』」

「そうだな……読みたいジャンルとかあるかな？」

「『恋の話なんて、良いのではなくて？』」

「任せてよ！　一時期めちゃめちゃ恋愛系の漫画読んでたから！」

その理由については、恋愛について勉強するためという意味合いも強かった。結局活かされることなく、中学までに告白一〇〇連敗を記録するわけだが……今日この日のためだったと思えば、報われる思いだった。

「これは高校生のピュアな恋が凄く尊い漫画でね！　こっちは、すれ違いが笑えるんだけど恋愛面も凄くドキドキするやつで！　あっ、これも外せないよね！　ザ・王道を行く俺様系カレとのちょっと強引な恋愛！　それに……」

次々に紹介していく中でふと、恋太郎は棚差しされたとある漫画のタイトルに目を向けた。恋太郎自身は、まだ読んだことのないものだったが。

（あっ……これ、さっき羽香里が面白いって言ってたやつだな）

猫カフェでの雑談で出てきたタイトルで、何気なくそれを手に取ってみると。

『!?』

いわゆる、ティーンズラブと呼ばれているジャンルなのだろう。表紙には半裸の男女が煽情的に絡み合う姿が描かれており、恋太郎は反射的に棚に戻した。静に、あまり刺激的なものを見せるのはまずいと思ったためである。

「ははっ……今のは、俺たちにはまだちょっと早いかもしれないね」

赤くなった顔でコクコクと何度も頷き返してくる静は羽香里と同じ年齢であり、ちょっと刺激的な漫画を読んでいても全くおかしくないお年頃なのだが。

それを指摘する者は、この場に誰もいなかった。

【土曜・午後6時】

今日の夕飯は家族で食べる約束だという静と別れた恋太郎の今度の行き先は、プラネタリウム。恋太郎が到着するのと同時に、向こうの角から待ち合わせ相手も現れた。

「流石は凪乃《なの》、待ち合わせ時間ピッタリだね」

「全員が待ち合わせ時間丁度に到着するのが最効率」

効率を求める美しい少女の名は、栄逢《えいあい》凪乃。

恋太郎の、『彼女』である。

「それじゃ、そろそろ上映時間だから早速入ろう」

コクリと頷く凪乃と共に入館し、受付を済ませ。

「ここ、ペアシートで見られるんだよね」

恋太郎と凪乃は、大きなシートに並んで寝転がった。

「身体を動かさず映像が流れていくのを見るだけのデートは効率的」

「そういう理由でプラネタリムを選んだわけではないけどね……おっ、始まるみたいだ」

恋太郎が微苦笑を浮かべる中、照明が落ちて天井に映像が流れ始める。

星座に関する解説と共に、それを興味深く眺めること数十分。

プラネタリムを出た凪乃の一言目は。

「不条理……」

であった。

「どれもそんな形には見えない。や座が辛《かろ》うじて矢の形に見えた程度。ただ二つの星を結んだだけのこいぬ座に至っては直線座などに改名すべき」

「ははっ……まぁ確かに、星座ってそういうのが多いよね」

「命名者は慢性的な徹夜状態だった可能性が高い」

「だからといって幻覚的なもので見たわけではないと思うけどね⁉」

「もしくは悪ふざけで付けたら思ったより広まって引っ込みが付かなくなった可能性も」

「現代においてもちょいちょい発生するやつだけども！」

なんとなく予想はしていたが、星座について凪乃は全く納得出来ていない様子だった。

「えっと……ごめん、楽しくなかったかな？」

そんな姿に、恋太郎はふと少し不安になって尋ねる。

「？　楽しかったに決まってる」

けれど、凪乃は本当に当たり前のようにそう返してくれた。

「愛城恋太郎と一緒ならどこで何をしていても楽しいから」

真っ直ぐ目を見つめながらの台詞《せりふ》に、恋太郎の心臓がトゥンクとときめく。

「俺も凪乃と一緒ならどこで何をしていても楽しいし、何なら一緒じゃない時だってエア凪乃を幻視してるから楽しいよ！」

「イマジナリーな私は私ではない」

恋太郎のはちきれる想いの吐露に、凪乃から冷静にツッコミが入った。

とその時、凪乃が身体をブルリと震わせる。

「あっ、ごめん気付かなくて！　日が暮れると寒くなってくるよね！」

恋太郎は迷いなく自らが着ている上着を脱いで、凪乃の肩に掛けた。

「愛城恋太郎は平気？」

「こういう時用に着てきた上着だから、大丈夫！」

恋太郎は親指を立て、腕まくりしてみせる。

「ありがとう……」

凪乃は上着に袖を通しながら、襟の辺りに顔を当ててスンッと鼻を鳴らした。

「あれっ、なんか変な匂いでも付いてたかな……!?」

慌てて尋ねる恋太郎に対して、凪乃は首を横に振る。

「愛城恋太郎の匂いがするだけ」

少し頬が赤くなったその顔から、決してネガティブな意味ではないだろう。

「そ、そう……」

なんだか妙に照れくさくて、恋太郎はそっと上空へと視線を逸らした。特に何かの意図があったわけではないが、すっかり暗くなった夜空には幾つもの星が瞬《またた》いていて……。

「あっ、ほら見て凪乃！　あの位置の星って……」

「……さっきプラネタリウムで解説されていた」

少し声を弾ませた恋太郎が指差す方に、凪乃も目を向け意図に気付いたようだ。

「直線座」

「こいぬ座ね!?」

二つの星を結ぶと、こいぬの姿に……あまり見えない星座が、輝いているのだった。

勉強の時間だと帰宅する凪乃と別れた恋太郎は、次の待ち合わせ場所である公園へと駆けていった。


【土曜・午後9時】


「恋太郎ーっ! こっちなのだーっ!」

恋太郎の姿を見つけて嬉しそうにブンブン手を振る少女の名は、薬膳楠莉《やくぜんくすり》。

恋太郎の、『彼女』である。

「すみません楠莉先輩、お待たせしちゃいましたか?」

「楠莉も今来たとこだから大丈夫なのだ!」

八歳程度にしか見えないが、れっきとした高校三年生。恋太郎にとっては年上彼女だ。

「楠莉、今日のために持ってきたやつがあるのだ~。楠莉の~、手作りの~」

楠莉は持っている鞄をゴソゴソと探る。この流れは、手作りのお弁当……ではなく。

「薬なのだ!」

「わぁい、楠莉先輩手作りの薬だ~!」

取り出されたのは、試験管に入った薬品だった。楠莉は様々な薬を研究開発しており、その効果の種類は多岐にわたる。

「これは、『公園が一〇〇倍楽しくなる薬』なのだ！」

「へぇ、凄いですね！　飲むと、どういう風になるんですか？」

ここまでは、素直に感心の面持ちだった恋太郎だが。

「めちゃめちゃ気分がハイになって、幻覚が見えたりするのだ！」

「念のため確認なんですけどそれ大丈夫なやつなんですよね!?」

大丈夫じゃない感じの説明を聞いて、思わずちょっと声が荒ぶった。

「今の出版社、そういうとこ厳しいんですから！　しまってしまって！」

「ちぇー」

恋太郎に言われ、楠莉は渋々といった様子で薬を鞄の中に戻した。

「薬がなくても楽しいですよ！　ほら、ブランコとか！」

「おーっ！　夜の公園ってなんかテンション上がるのだーっ！」

恋太郎が率先してブランコを漕ぐと、楠莉も目を輝かせてそれに続く。

そして二人は、公園の遊具をエンジョイしていった。ブランコを全力で漕ぎ、ターザンロープで滑走し、ジャングルジムで追いかけっこした後は、二人で平和に滑り台を滑ったりも。はしゃぐ楠莉を見ていると恋太郎も楽しくて、童心に返ったような気分だ。

「次はシーソーなのだーっ！」

と、テンションも高くシーソーに座る楠莉に続いて恋太郎が反対側に腰を下ろすが。

「……まぁ、こうなりますよね」

体重のバランス的に恋太郎の方に一方的に傾いてしまい、思わず苦笑が漏れた。

「なら、『打ち消しの薬』を飲むのだ！」

試験管を取り出した楠莉は、グイーッとその中身を呷《あお》る。するとムクムクムクッと身体が成長していき、瞬く間に豊満な体つきの女性へと変貌した。

これが楠莉の本来の姿である。『不老不死の薬』の失敗作の影響で普段は八歳程度の肉体になっており、それを打ち消す薬を飲んだ時だけこの姿に戻るのだ。

こちらの姿ならば恋太郎とのウェイト差も子供の姿の時程ではなく、シーソーでも普通に遊ぶことが出来るだろう……が、しかし。

「……高校生にもなってシーソーで遊ぶというのはどうなのだね」

「あっ、やっぱりこっちの姿だとそう思うんですね!?」

髪をまとめ、眼鏡をかける楠莉は頬を少し染め恥ずかしそうだった。

メンタルも肉体に引っ張られるらしく、今の彼女は見た目相応の精神性である。

「それより」

立ち上がった楠莉は、恋太郎の方へと歩み寄り……その際に、チラリと横を見た。

「夜の公園は……別の楽しみ方もあるのだね」

恋太郎も視線の先を追うと、茂みの方でイチャついているカップルの姿が目に入る。

「あっ、えっと……」

既に楠莉はシーソーに座る恋太郎の目の前。更に身体を傾け、顔を近づけてくる。間近に感じられる大人の色香に、恋太郎がドギマギしながら固まっていると……。

チュッ、と。恋太郎の額《ひたい》に、楠莉が口づけた。

「今日のところはこれくらいにしておくのだよ」

なんて、イタズラっぽく微笑む楠莉。子供の楠莉は無邪気で愛らしいが、こちらの楠莉は大人びて美しい。どちらも魅力的だなぁと、改めて実感する恋太郎なのだった。

「……『公園が一〇〇倍楽しくなる薬』を飲めば、今の姿でもシーソーを楽しめるかも」

「よりヤバい絵面になる気しかしないんで絶対やめてくださいね!?」

こういう言動も、魅力の一つなのである……恋太郎にとっては。


【日曜・午前0時】

もう寝る時間なので帰宅する楠莉と別れ、恋太郎は次の待ち合わせへ。

「お待たせしました、羽々里《ははり》さん!」

「あら恋太郎ちゃん、いらっしゃい」

待ち合わせ場所というか、先方のお宅を訪問していた。

「ちょうど私の仕事も終わったところよ」

「遅くまで、お疲れ様です！」

トントンと書類を整える、成熟した大人の魅力を持った女性の名は花園羽々里。

恋太郎の『彼女』であり、羽香里の実母でもある。

「ごめんなさいね、私の都合でこんな時間からのデートになっちゃって。どうしても、土曜日中に片付けないといけない仕事があったのよ……」

「俺は羽々里さんの都合が付くなら何時からだって駆けつけますよ！」

「ふふっ、嬉しいこと言ってくれるわね」

ちょっと照れくさそうにはにかむ様は、いつもより少し幼く見えて可愛らしかった。

「でも……こんな時間に女性の部屋を訪れるってことの意味は、わかってるわよね？」

それが一転。浮かべられた蠱惑《こわく》的な笑《え》みは、獲物を狙う肉食獣のようにも見える。

「今夜は、楽しみましょうね？」

「は、はい……！」

つぅと羽々里に顎《あご》を撫でられた恋太郎は、ちょっと身を固くしながら懐に手を入れた。

恋太郎とてこの展開は予想しており、ちゃんと持ってきているのだ。

「トランプを楽しみましょう！」

「んんっ……！　相変わらず恋太郎ちゃんは健全の申し子ねぇ……！」

トランプカードのセットを取り出した恋太郎に、羽々里は少し頭を抱えた。

「トランプもいいけど……ほら、あるじゃない？　もっと、大人のお楽しみっていうか」

「そうですね……心得ています」

恋太郎としても、トランプだけで済むとは思っていない。

もう一つ……ちゃんと、持ってきているのだ。

「UNO《ウノ》ですね？」

「恋太郎ちゃんの中ではトランプよりUNOの方が大人なの？」

今度の羽々里は、素で疑問が漏れたといった感じだ。

それから羽々里は、コホンと一つ咳払い。

「なるほど、恋太郎ちゃんの意志が固いのはわかったわ」

あくまで健全を貫かんとする恋太郎に、羽々里も表情を改めて一つ頷いた。

「それなら、間を取って……ママごっこをしましょう！　恋太郎ちゃんが赤ちゃんね！」

「どの点からどの点の間を取って導き出された結論なんですか!?」

思わず叫ぶが、元より恋太郎も彼女の希望は出来るだけ叶えたいと思っている。

「まぁ、健全なのなら構いませんが……」

「健全健全！　とっても健全よ！」

その言葉を紡ぐ羽々里の口からはヨダレ的な液体が垂れ出しており、主張の正当性をだいぶ怪しくしていたが今は目を瞑《つむ》っておくこととした。

「それじゃ、ゴロンしまちょーねー」

優しい手付きで促され、恋太郎は羽々里の膝の上に寝転がることとなる。

（わっ……!?）

すると視界を塞ぐのは、巨大な双丘。

（やっぱりこれ、健全ではないんじゃ……!?）

その迫力に圧倒され、中止を申し出ようかと思案した恋太郎であったが……。

「恋太郎ちゃんは、いつも頑張っててえらいわねぇー」

羽々里に撫でられているうちに、気持ちが落ち着いていく。

「恋太郎ちゃんが彼氏で、毎日とっても幸せよぉー」

穏やかな声が、心に暖かく染み渡っていくような感覚だった。

「でも、たまには恋太郎ちゃんだって誰かに甘えていいのよぉー？」

穏やかな羽々里の表情が、視界の中でぼやけていく。

（これが……羽香里が見てきた光景なんだな……）

きっとこうして、大切に大切に育てられてきたのだろう。

ぼんやりそんなことを思いながら、恋太郎は眠りに落ち……。

「おねむかな？　おねしょしちゃうといけないから、おしめしまちょうね！」

「おねむじゃないので大丈夫です！」

眠りに落ちると大変なことになりそうだったので、引き続き羽々里の母性に包まれつつパンツについてはどうにか死守した恋太郎である。


【日曜・午前3時】

この時間でもまだ海外の企業との打ち合わせがあるという羽々里と別れ、恋太郎は次の待ち合わせ場所へと向かう……ために、羽々里の部屋を出ると。

「お待ちしておりました」

「扉を開けて即一秒でメイドさん！」

すぐそこに立っていた、メイド服で身を包んだ女性の名は銘戸《めいど》芽衣《めい》。

花園家に勤める正真正銘のメイドさんであり、恋太郎の『彼女』である。

「芽衣さん、どこか行きたいところとかやりたいこととかありますか？　この時間からだと、色々と制限がかかっちゃうかもしれませんけど」

「やりたいこと……」

恋太郎に問われて、芽衣はピッタリ閉じられた瞼《まぶた》を少し上向けた。

「それでは、こちらの窓のお掃除を」

「えっ……？」

そしてシームレスに窓拭きに移行する芽衣に、恋太郎はパチクリと目を瞬《しばたた》かせる。

「な、なぜそちらの窓のお掃除を……？」

「毎日お掃除しておりますので」

尋ねると、芽衣は当然のことのように答えた。

「あの……それは、日々の業務というものでは……？」

「その通りでございます」

遠慮がちに問いを重ねた恋太郎に対して、芽衣は迷いなく断言する。

「一応聞きますけど、羽々里さんから指示されてるとかそういうことは……」

「私《わたくし》めが自主的にやろうとしているだけでございます」

「つまり、芽衣さん自身が心から望んでそれをやりたいと思っていると？」

「その通りでございます」

迷いのない断言を受け、恋太郎はニコッと笑った。

「じゃあ、窓拭きデートですね！　楽しそうだなぁ！」

そして、掃除用具を手にした恋太郎も芽衣の隣に並んだ。

彼女が本当に望んでいることなのであれば、それは恋太郎にとっての望みでもある。

そんな恋太郎を嬉しそうに見つめた後、芽衣も再び前に向き直った。

二人揃って、窓拭きを開始する。

「あれ……？　なんか、芽衣さんみたいに綺麗にならないな……？」

そして、すぐに練度の差が露呈した。恋太郎は懸命に窓を磨いているつもりなのに、ムラや細かい汚れが残ったりしてしまうのだ。一方の芽衣は洗練された最小限の動作で、スイスイと完璧に窓を綺麗にしていく。

「なるほど……あっ、ホントださっきよりずっとやりやすい！」

「僭越《せんえつ》ながら、慣れないうちはこちらの道具の方が使いやすいかと存じます」

道具を交換してリトライすると、今度は上手く出来たように思えた。

「出来なかったことが出来るようになるのって、嬉しいですね！」

屈託なく笑う恋太郎に、芽衣は一瞬言葉に詰まった様子を見せる。

「……業務を覚えることの喜びを、恋太郎様と共有出来て幸せでございます」

「あ……そっか、これ業務を覚えるってことなのか……」

それから、嬉しそうに微笑む芽衣。だが既に恋太郎の中ではこれを完全に『デート』と認識しており、『業務』という概念は頭から一時的に消失していた。

「芽衣さんも、こうやって少しずつ仕事を覚えていったんですね」

「若輩《じゃくはい》の身なれば、今も日々学ぶことばかりでございます」

「流石の姿勢です、俺も見習わなきゃな」

今も、文句の付けようのない窓拭きっぷりを披露している芽衣。それは彼女のこれまでの積み重ねの賜物《たまもの》である。だが、本人はまだまだ満足していないらしい。

そこでふと、恋太郎の頭に疑問が浮かぶ。

「でも仕事なんですし、辛《つら》いなぁとかしんどいなぁとか思うことってないんですか？」

「仕事が……辛い……？」

「一ミリも理解出来ないってリアクション……！」

困惑した様子でコテンと首を傾ける芽衣に、恋太郎はゴクリと息を呑《の》んだ。

「羽々里様のお役に立てている時間は、いつも心が至上の喜びで満たされております」

「ワーカホリックの化身みたいな台詞……！」

「……ですが、今はそれだけではなく」

少し頬を赤く染め、芽衣は恋太郎の方に顔を向ける。

「恋太郎様や、皆様と。こうして過ごす時間も、至上の喜びに満たされております」

「俺も、至上の喜びに満たされまくってます……！」

そう、芽衣の言う通り。たとえ掃除だろうと、恋人と一緒に過ごす時間はお互いにこの上なく楽しいものなのだった。


【日曜・午前6時】

朝の業務が始まった芽衣と別れた恋太郎は、次の待ち合わせ場所に向かう。

モーニングビュッフェが有名なお店の軒先には、やや小柄な少女が佇んでいた。

「おはよう胡桃《くるみ》！　ごめん、待たせちゃって！」

「おはよ。別に……待ってなんて、ないし」

フードの向こうでふいと恋太郎から目を逸らす彼女の名は、原賀《はらが》胡桃。

恋太郎の、『彼女』である。

「それより恋太郎先輩、早く入ろうよ。そろそろお腹が……」

くるくるくる、という音色は胡桃のお腹から奏でられたもの。

この少女の胃は消化が非常に早く、すぐにお腹が減ってしまう体質なのだ。

「あーもうイライラしてきた……！」

「よし入ろうすぐ注文しよう！」

苛立《いらだ》たしげに頭を掻く胡桃の手を引き、恋太郎は足早に入店する。

「モーニングビュッフェ二人お願いします！」

『かしこまりましたーっ！』

席につくなりオーダーすると、店員さんたちの元気な声が返ってきた。

「さっ、取りに行こう」

「うん……わっ、凄い量」

未《いま》だ不機嫌そうな表情の胡桃であったが、広い空間いっぱいに並んだ料理の数々を目にすると瞳に輝きを取り戻し始める。

「ソーセージにベーコン、オムレツは外せない……！　あっ、ローストビーフも良い……！　魚の干物は全種コンプ……！　ご飯かパンか……？　両方に決まってる……！　スープかお味噌汁か……？　両方に決まってる……！　スムージーも飲みたいな……！

わっ、お寿司もこんなにいっぱいあるんだ……！」

と、胡桃は物凄い勢いで手にしたプレートの上を埋めていく……というか、早くもプレート上には大きな山が出来上がっていた。

「お客様、食べ切れない量をお取りになるのはご遠慮いただいているのですが……」

「必ず全部食べ切ってみせますので見ていてください店員さん！」

おずおずと注意してきた店員さんに、恋太郎は笑顔でグッと親指を立ててみせる。

「は、はぁ……」

店員さんの反応は芳《かんば》しくないが、仕方ないことだと言えよう。現時点では厄介な客だと思われている可能性が高いが、彼女もすぐに真実を目にすることになるだろう。

『いただきます』

席に戻って、胡桃と共に手を合わせる。

胡桃はお皿の上に宝石でも並んでいるかのようにキラキラした目で眺め、迷った末にまずソーセージに豪快にかぶりついた。

「おいっしいいいいいぃ～!!♥♥♥」

そして、瞳の輝きを爆発させた。

しっかりと味わいながら、にも拘《かか》わらず物凄いスピードで胡桃は目の前の料理を平らげていく。その様を、先程の店員さんが唖然《あぜん》とした顔で眺めていた。

「よし、次！」

数人前はあった第一陣をあっという間に平らげ、胡桃は再び料理の海へと漕ぎ出す。

それを何往復もするうちに、ようやく胡桃も落ち着きを取り戻してきた。

「あれ？　恋太郎先輩、もう食べないの？」

その頃には恋太郎の前にはコーヒーカップが一つあるだけで、胡桃は首を捻る。

「うん。俺は、美味しそうに食べる胡桃を見てるだけで幸せでお腹いっぱいだから」

「っ……！　そ、それならいいけど……！」

胡桃はちょっと赤くなった顔を俯《うつむ》け、食事を再開させる。「おいっしいいいいいぃ～!!♥♥♥」の声を聞いているだけで実際に恋太郎は何日の断食だって苦じゃない自信があるが、今日のところは普通に一人前程度食べたのでそこそこ胃は満たされている。とはいえ、もう食べられないという程ではないのだが……。

「おいキッチン！　今のペースじゃ、あと数分で全滅だぞ！」

「限界超えてやってんよ！　いいから出来たのから持ってけ！」

「料理を切らすのは食べ放題を謳《うた》う店の名折れと知れ！」

「食材足りません！　ダッシュで買ってきます！」

「『全部食べ切ってみせます』ってまさか店の食材全部ってことだったのか……!?」

戦場のように慌ただしい店員さん方に、多少配慮している部分もあるのだった。


【日曜・午前9時】


「胡桃はこの後、用事があるんだよな？」

「あぁそれだけど、なくなったんだ。九時から数量限定提供のラーメンを食べようと思ってたんだけど、今日は臨時休業らしくって」

「そうなんだ？」

食べ放題の後に普通に食事の予定を入れている胡桃であるが、その程度は今更なので恋太郎もツッコミを入れることはなかった。

「それじゃ、この後良ければ一緒に……あれ？」

一緒に店を出た流れで胡桃と共に次の待ち合わせ場所へと向かっていると、そこに複数人の女性が集まっているのが見えた。恋太郎が見紛《みまが》うはずもなく、誰あろう――。

「皆、今日この時間は羽香里以外予定があるんじゃ……」

羽香里、唐音、静、凪乃、楠莉、羽々里、芽衣……恋太郎の彼女たちである。

胡桃も合流して、計八人。唐音などは、恋太郎に鋭い目を向けており……。

『そんなことより、寝ろ！』

胡桃と芽衣を除く六人から、それに類する声が発せられた。

「予定なんて返上してきたわよ！」

「まさか恋太郎君が、二十四時間営業彼氏になっていたなんて露知らず……」

「えっ、そうだったの恋太郎先輩……」

「『皆で連絡を取り合った際』『真実が暴かれたのだ』」

「睡眠不足は脳の機能を低下させて非効率的」

心配してくれる彼女たちの声に、恋太郎はうんうんと頷き。

「でも、俺の二十四時間は全て彼女である皆のために存在するから！」

と、澄んだ瞳で言い切った。

「私めの二十四時間も、全て羽々里様のために存在致します」

「芽衣も、また寝ないでお仕事してたでしょ……あなたも寝なさい！」

「かしこまりました」

唯一恋太郎に共感を示していた芽衣だが、こちらも普通に叱られていた。

「寝たくないなら、この『寝なくても疲労がポンと取れる薬』飲めば……むぐ」

楠莉がだいぶアウトっぽい薬を取り出そうとしたため、静がそっとお口を押さえる。

そして、彼女たちは恋太郎を囲んだ。

「私たちも付き合うから、こっからはお昼寝デートよ！」

「時間的には全然朝ですけどね……」

「それじゃ、皆でウチに行きましょうか」

「皆様のパジャマもご用意してございます」

「なんでご用意されてんだよ」

「むしろ花園羽々里が用意していないと考える方が不合理」

「わーい、朝からお泊りなのだーっ！」

「『こりゃ楽しみだ！』」

なんて、ワイワイ言いながら花園家へと移動していく一同。

八人の彼女の中心で、恋太郎はしみじみと思う。

（昨日からそれぞれの時間帯でしか予定が合わなくて、二人きりでのデートをハシゴすることになったけど……やっぱり、皆で過ごすのが一番好きだなぁ）

普通であれば八股している男の彼女たちが一堂に会すればド修羅場不可避だが、このメンバー……恋太郎ファミリーは、誰もが恋太郎と同じことを考えているのだった。

これは、やがて一〇〇股に至る男とその彼女たちによって紡がれる……ラブとピースに

MIBU B

満ちた、笑顔の溢《あふ》れる物語である。

「羽々里様、この辺りで不審者の目撃情報があるとのことです」

「胡桃ちゃん、拐《さら》われちゃわないようママとしっかりお手々繋《つな》ぎまちょーね！」

「近づくな不審者」

「やぁん、怖いです恋太郎くぅん」

「ちょっ……どさくさに紛れて、恋太郎の腕に何押し付けてんのよ!?　ちぎるぞ！」

「八方位をそれぞれが担当して警戒するのが効率的」

「『軍人さんじゃねぇんだからよ』」

「……そういえば楠莉、前にここら辺でこの『黒塗りの犯人みたいになる薬』の実験してた気がするのだ……あっ、手が滑っ――」

……たぶん。

君のことが
大大大大大好きな
100人の彼女

番外恋物語 ～シークレットラブストーリー～

間話　羽香里と唐音のお買い物

『あっ……』

街でたまたま出くわした羽香里《はかり》と唐音《からね》は、同時に少し驚いた声を上げた。

「奇遇なんかじゃないんだからねっ！」

「ということは唐音さんが狙いすまして私に会いに来たことになりますが」

「そんなわけないでしょ！」

「会話が完全に一ターン無駄になってますよねこれ」

謎のツンを見せる唐音に、羽香里はあきれた表情を浮かべる。

「それでは、私は用事がありますので」

「私だって用事があって来てるに決まってるでしょ」

軽く手を振る羽香里と、顔をちょっと逸らす唐音。

二人は、各々の目的地に向かって歩き始めた……同じ方向に。

「……ちょっと、ついてくるんじゃないわよ」

「いえ、私の目的地もこちらの方なので」

眉根を寄せる唐音に対して、羽香里は涼しい顔で返す。

「私ここ右だから、じゃあね」

「私も右です」

「次は左だから」

「私も同じくです」

「次は」

「たぶんですけど同じです」

なんてやり取りを交わしながら並んで歩くことしばし。二人の間には、共通見解が生まれ始めていた。これ、たぶん同じとこ目指してるな？　と。

「ここです、私の目的のお店」

「……私の目的の店もここよ」

果たして、両者この雑貨店という目的地まで共通していたらしい。羽香里がどこか嬉しげに、唐音がちょっと気まずげに、二人並んで店内へと足を踏み入れた。

「わぁっ、素敵ですねぇ」

「ま、悪くないかもね」

店内に陳列された様々な商品に羽香里は目を輝かせ、唐音も満足げな表情だ。

そして、歩き出す……やっぱり、同じ方向に。

「だから、なんでついてくるのよ！」

「私からすると、唐音さんがついてきてるんですけど……」

なんて言いながら、なんやかんや二人で店内を回っていく。

そして、とある商品棚の前で足を止めたのもまた二人同時であった。

「わっ、このペンダント可愛《かわい》い……！」

「……ふぅん？」

羽香里が華やいだ声を上げ、唐音も興味深げな視線を件《くだん》のペンダントに向ける。

「あー、私それにしよっと」

いかにも適当に決めましたという調子で、唐音はペンダントを手に取った。

そんな唐音を見て、羽香里は何かを思いついたような表情となる。

「ちょっと、真似しないでくださいよ」

「……はぁ？　私の方が先に」

以前、恋太郎に作るお弁当のおかずを決める際にあったやり取り。あの時よりも随分と穏やかな口調で再現した二人は、同時に『ぷっ』と吹き出した。

「……あんたもこれ、気に入ったんでしょ」

「はい、凄く気に入りました」

「でも、私だって気に入ってるし……たまたま二つ在庫があるし……」

「そうですねぇ」

「仕方なく！　仕方なくなんだからね！」

「はいはい、仕方ない仕方ない」

「何か文句でもあんの!?」

「何も言ってないじゃないですかー。ほら、お会計行きましょう」

「……ふんっ。同じ商品を別々で会計するのは店にとって非効率的だから一緒に行ってあげるだけなんだからね！」

「凪乃《なの》さんみたいなこと言い出しましたね……」

なんて言い合いながら、二人は同じペンダントを購入し。後日二人揃って身に着けてきた日には、皆からの温かい眼差しが注がれたのであった。

第二話

呼べてた人

とある放課後。

いつも通り屋上に集まっている恋太郎《れんたろう》ファミリーに、少し遅れて凪乃《なの》が合流してきた。

「凪乃さん、珍しく遅かったですね？」

「用事を済ませていた」

「しっこだったのだ？」

「ではない」

羽香里《はかり》、楠莉《くすり》とそんなやり取りを交わす中。

「……？」

静《しずか》が、ほんの少しだけ首を捻った。

「愛城《あいじょう》 恋太郎、今話せる？」

「うん……でも、その前に聞きたいんだけど」

恋太郎は、笑顔で返事して……それを、真剣な表情に変える。

「君は、誰？」

『？』

その質問に、凪乃と静を除く彼女たちの頭の上に疑問符が浮かんだ。

「ちょっともう、恋太郎ちゃんったら何を言ってるの？」

「あんたらしくもない冗談よしなさいよ」

口に出して言ったのは羽々里《ははり》と唐音《からね》だけだが、疑問の視線を恋太郎に向けているのは他のメンバーも同じだ。

「『我も』」

そんな中、意を決したような表情を浮かべて静がスマホを喋らせた。

「〝直感的ではあるが〟『妙な違和感を抱いている』」

「静まで……？」

こくこくと頷《うなず》く静を見て、唐音が眉根を寄せる。

「芽衣《めい》、何かわかる？」

「私《わたくし》めの目には、いつもの凪乃様のように見えております」

「それはギャグで言ってるのか？」

固く瞼《まぶた》を閉ざしたまま断言する芽衣に、胡桃《くるみ》が何とも言えない表情となっていた。

「確かに、肉体的には細胞一つとしていつもの凪乃と変わらないのは間違いないよ」

「まずそれを断定出来る恋太郎先輩は何なんだよ」

「でも……いつもはメトロノームより正確な凪乃の呼吸に０・１秒程度のブレが見られ

る！　さっき歩いてきた時にも、歩幅に０・９９〜１・０１倍の範囲でズレがあった！

瞬《まばた》きに至っては、ほぼランダムに発生している！」

「じゃあ人間に近づいたってことなんじゃないの」

「人体のどの器官の何の機能で計測してんだよ」

唐音と胡桃のダブルツッコミを受けた恋太郎は、グッと拳を握って目を見開く。

「俺は……愛する彼女たちのどんな些細な部分も見逃さないよう、日々の全てを心の一眼レフを用いて最高画質最高シャッター速度で記録し続けているんだ！」

『んんっ……！』

愛を感じる言葉に、凪乃を除く彼女たちが一斉に胸を押さえた。

「今の反応からもわかる……君は、凪乃だけど凪乃じゃない。喩えるならそう……誰かがい、い、い、い、い、い、凪乃の身体を操ってるような感覚だ」

「……ふゥ」

断ずる恋太郎に対して、凪乃（？）は小さく溜め息を吐《つ》いた。その表情は、どこか観念したようなものである。凪乃にしては大き過ぎるその変化に、ここに来て他の彼女たちも「ん……？」と疑念を抱き始めた様子だ。

「……まさカ、見抜かれるとは思いませんでしタ」

凪乃（？）の口調が少し変わる。語尾のイントネーションが独特だった。

「地球人の皆様ハ、とても正確な肉体操作をなさっているのですネ」

「それをなさっているのは地球人でも一人だけなんだよ」

言った後、胡桃は「ん？」と首を捻る。

「『その物言い、もしや……!?』」

ゴクリ、と静が息を呑《の》む一方で。

「凪乃は、宇宙人だったのだー？」

疑念と戸惑いが場に満ちる中、楠莉があっけらかーんとド直球の質問を投げる。

「はイ」

そして、凪乃（宇宙人？）もまたあっさりと頷いた。

「私はいマ、地球人個体識別名『栄逢《えいあい》凪乃』の身体を一時的にお借りしていまス」

「いやいや……ねぇ、お母様？」

「な、凪乃ちゃんでも冗談なんて言うことがあるのねぇ」

まだ半信半疑……と言うには疑の割合が強い花園《はなぞの》親子だが、顔は少し強張《こわば》っている。

そんな一同の反応を見て、凪乃（宇宙人？）は一つ頷いて。

「私の本体はこちらでス」

『ミギーみたいな奴出てきた!?!?』

ニュッと凪乃の耳の中から小さな異形の姿が現れ、一同驚愕の表情を浮かべることとなった。あの芽衣の瞼さえも、パッチリと見開かれている。

「信じていただけましたカ？」

発声自体は凪乃の口から行われているので、『本体』には地球語を発声出来るような器官が存在しないのかもしれない。

「このっ……！　凪乃の身体を返しなさいよ！」

「ステイ！　唐音さん、一旦ステイ！」

「無理に引き抜いたら、凪乃ちゃんの脳みそまで一緒にスポンしちゃうかもしれないわよ……！　まずは状況を確認しましょう……！　芽衣も唐音ちゃんを押さえて！」

「かしこまりました」

真っ先に飛び出しかけた唐音を花園親子がホールドするもズルズルと引きずられ、芽衣も加わったところでどうにか押し留める。なおその際、どさくさに紛れて唐音のうなじをクンクンスハスハと嗅《か》いだ羽々里が唐音にぶっ飛ばされ、芽衣によって無事キャッチされた。これにより一周回って唐音も冷静さを取り戻したようで宇宙人を睨み付けるに留まったが、そこまで見込んでの羽々里の行動だったのかは定かではない。

「マジで宇宙人だったのだ……大丈夫なのか……？　リアリティラインとか……」

楠莉も本当に宇宙人だとは思っていなかったらしく、素に戻って若干引いた様子である。

「『まさか貴方《あなた》が、彼方よりの使者とは……』」

「特殊メイクとかじゃないの……？　メイク……メイクイーン……！」

ぴよぴよと動揺の気配を見せる静と、未《いま》だ懐疑的な態度の胡桃。こんな時でも連想してくるくるお腹を鳴らしてイライラしてしまう難儀な身体の胡桃に、静がお昼の残りのポテトを渡すことによって一旦落ち着いた。

「ていうか、恋太郎！」

一方、唐音はキッと鋭い視線を恋太郎へと向ける。

「あんた、何を黙って見てんのよ！　凪乃が宇宙人に寄生されてんのよ!?」

「……今のところ、相手に害意は感じられない。こっちから敵対心を見せることは、逆に凪乃の身体を危険に晒《さら》すことになりかねないと思う」

「ぐむっ……！」

一理あると見たのか、呻《うめ》く唐音。

「ただし、少しでも凪乃を害するような気配を見せたら」

恋太郎が楠莉に視線を向けると、楠莉は一つ頷きポケットから試験管を取り出した。

受け取った恋太郎は、試験管の蓋《ふた》を開けて。

「この『地球外の生命体だけをドロッドロに溶かす薬』を即座にぶっかけるからなぁ！」

「ぴぇっ」

ガンギマリの目で即ぶっかけられる姿勢を取ると、凪乃の口から可愛《かわい》い声が漏れた。

「なんでそんなピンポイントな薬があるんだよ」

胡桃からそんなツッコミが入るが、愛する彼女たちが悪い宇宙人に寄生された時のために、以前楠莉がたまたま開発したものをキープしてもらっていたのである。彼氏として当然の備えだね。

「オ、落ち着いてくださイ、地球人の皆さン」

ぴゅっと『本体』が凪乃の中に戻るが、『地球外の生命体だけをドロッドロに溶かす薬』はぶっかけるだけで体内の地球外生命体をドロッドロに溶かすので逃げ道はない。

「私ニ、この個体を害する意思は少しもありませン」

凪乃（宇宙人）がそう言っても、恋太郎は油断なく試験管を構えたままだ。

「それニ、私はこの個体の身体を無理矢理に奪っているのでもありませン。事前に本人の承諾をいただキ、お借りしているのでス」

『……ん？』

若干風向きが変わってきた気配に、一同首を捻る。

「ひとまズ、個体識別名『栄逢凪乃』に代わりまス」

そう言って一度目を瞑《つむ》った凪乃（宇宙人）は、すぐにまた瞼を上げた。

「代わった」

「……凪乃なのだ？」

本人曰《いわ》く代わった凪乃（？）だが、楠莉以外も疑問の視線を交わし合う中。

「良かった、凪乃だ……！」

「〝凪乃さん〟『が帰ってきやがったぜ……！』」

識別可能組の言葉に、他の面々もひとまずホッとした様子を見せる。

「芽衣、前後の差異は記録してるわね？　念のため、識別アルゴリズムの作成を」

「かしこまりました。大至急進めて参ります」

「頼もしく思えば良いのか盗撮を咎《とが》めれば良いのか、どっちなんでしょうね……」

こういう時は抜け目のない羽々里だが、羽香里は微妙な表情である。

「院田《いんだ》唐音」

無事本人確認された凪乃が、唐音へと視線を向けた。

「私のために怒ってくれて、嬉しかった。ありがとう」

「っ……!?」

素直なお礼に、唐音の顔がたちまち赤く染まっていく。

「う、宇宙人の殴り心地を確かめたかっただけなんだからねっ！」

プイッと顔を背ける唐音に、一同の温かい視線が集まった。

「それで凪乃、どうして宇宙人に身体を貸すことになったんだ？」

「『止《や》むに止まれぬ事情でも？』」

心配げな恋太郎と静にそう尋ねられた凪乃は、一つ頷く。

「宇宙人に寄生されれば、自動運転機能が搭載されて効率的」

「宇宙人に寄生されること自体をメリットと捉えてんの!?」

唐音のツッコミが入る傍《かたわ》らで恋太郎は、付き合う前の初デートで「自動運転機能が欲しい」と言っていたなぁ……と思い出し、ようやく腑《ふ》に落ちて試験管を下ろした。

「それに」

そんな恋太郎へと視線を向ける凪乃の頰《ほお》は、少しだけ赤い。

「愛城恋太郎は、宇宙人に身体を乗っ取られた私でも愛してくれると言っていたから」

「もちろん今の凪乃も心から愛しているとも！」

恋太郎が全力で叫ぶ傍ら、唐音が凪乃にジト目を向ける。

「あんた、その時は『それは私じゃない』的なこと言ってなかった……？」

「宇宙人が操縦している間も私の意識は覚醒しているし五感も共有している。この仕様なら乗っ取られていても私は私だと判断するのが合理的」

「あぁそう……」

諦めの表情で、唐音は肩をすくめた。

「でも、宇宙人側にも何か目的があって凪乃の身体を借りてるんだろ？」

「それは本人から話した方が効率的」

恋太郎の問いを受け、凪乃は再び瞼を開閉させる。

「代わりましタ」

「芽衣、どう?」

「五一%程度の確率で宇宙人様と考えられます」

「ほぼ半々じゃないですか……」

「シュレディンガーの凪乃なのだ……」

「どっちかの凪乃先輩に確定はしてるんだよ」

やはり見た目の変化はなく、識別不能組は未だ戸惑い気味である。

「目的を話す前ニ、まずはお礼を言わせてくださイ」

そう言いながら凪乃(宇宙人)は、恋太郎、羽香里、唐音へと順に視線を向けた。

「俺たちに、お礼……?」

恋太郎が、自分を指差し不思議そうに首を捻る。

「宇宙人にお礼を言われる筋合いなんてないんだからねっ!」

「今回ばかりは、私も唐音さんと同意見です……」

「私ハ、あなたたちに呼ばれてこの星を訪れたのですかラ」

『……?』

そう言われても心当たりがなく、三人は戸惑った視線を交わし合った。

『……!?』

が、三人同時に何かに思い至った表情となる。思い出すのは、『三人で』のファーストキス。あの時の構図は、確かに屋上でユーフォーを呼ぶ少年少女達の図であったが……。

『呼べてたの!?』

呼べてたのである。

「どこで何の伏線を回収してんだよ!?」

小説版で、ＹＪＣ一巻の伏線を回収しているのである。

「そもそもあれはコミックスのおまけカットであって伏線でも何でもないでしょ!」

ご尤《もっと》もであるが、ここは伏線と言い張る所存である。

「でも凪乃さん……じゃなくて宇宙人さん、それがどうしてお礼に繋《つな》がるんです?」

「宇宙人さんて……名前くらいあるんじゃないの?」

「私の母星での名ハ、@¥ｷX###$%&と発音します」

『発音出来ないタイプのやつ!』

「でハ、何か適当な呼び名ヲ……はイ? はイ……皆さマ、個体識別名『栄逢凪乃』より『凪乃2』との呼び名が提案されていまス」

『インクリメント《加算》式の効率的な命名規則!』

なんとも凪乃らしい提案だが、他に案もなかったので採用されることとなった。

そして凪乃2は、事情を語り始める。

「我々の母星は資源が枯渇しかけており、私は新たな資源を見つける使命を帯びて旅立ちましタ。そしテ……呼ばれて辿り着いたこの星デ、素晴らしい資源を見つけたのでス」

「木とか石油とか薬とかなのだ？」

「薬は資源ジャンルにはエントリしてねーんだよ」

「それらを勝手に持ち去るような略奪行為ハ、固く禁じられていまス。私が着目したのハ、地球生命体……とりわケ、『人間』と呼ばれている種が持つ『精神エネルギー』でス」

『精神エネルギー……？』

ぱっくりとした概念に、一同また首を捻った。

「我々のテクノロジーならバ、生物の精神の揺らギ、精神エネルギーを動力に変換することが可能なのでス。尤モ、我々の精神活動はほとんど揺らぐことがないたメ、母星ではあまり役立つことはなかったのですガ……」

「今のところ、普段の凪乃ちゃんよりは揺らいでいる気もするけどね……」

「凪乃様の表情が崩れたのは、観測史上初でございます」

「『何を観測しておるのだ？』」

「あなたたち人間ハ、我々ではあり得ない程に大きく精神を揺らがせまス」

『へぇ……？』

わかるようなわからないような、という顔を一同見合わせる。

「特に強烈なエネルギー反応が度々観測されているのガ、この空間でした。ですガ、発生条件がわかってないのでス。これ以上ハ、遠隔からの観測では限界があると考エ……」

「凪乃の中から、俺たちを観察しようと？」

「はイ。自然な姿を観測するのが望ましかったのですが……」

「バレた以上は、協力してもらうのが効率的」

瞬き一つ、凪乃が最後を引き継いだ。

「というわけで皆さン、何か心当たりはありませんカ？」

「って、言われてもなぁ……？」

再び戻った凪乃2に言われて恋太郎は彼女たちの方を振り返るが、思い当たることはないらしく一様に考え込んでいる様子だった。

「……あっ！　私、わかっちゃったかもしれません！」

かと思えば、羽香里がハイッと挙手する……と、その拍子にプルンと『一部』が揺れていた。

唐音がえらい目でそれを睨んでいた。

「私たちの中で最も精神が激しく揺らぎがちなのは、唐音さんでしょう」

「誰が情緒不安定だ」

「ズバリ、強烈な精神エネルギーの正体は……ツンデレエネルギー、ですっ！」

「あんたねぇ、適当なこと言ってんじゃ……」

「それも確かに強力ですガ」

『それも確かに強力ですが』

冗談めかしていた羽香里含め、一同スンッと真顔となる。

「個体識別名『院田唐音』の『ツンデレ』と呼ばれる精神活動から生じるエネルギーハ、全て彼女の身体能力の向上のために体内を巡っており、余剰はありませン」

「精神エネルギーの全てを身体強化に……だから、他が色々アレなんですね……」

「どういう意味だ!」

言ってから、唐音は羽香里を睨んだ。

「ていうか、すぐにあへあへ言うあんたの方が精神安定してないでしょ! アレよアレ、どすけべエネルギーとかそういうの!」

「そんなの、あるわけ……」

「それも確かに強力ですガ」

『それも確かに強力ですが』

やはり、スンッと真顔になる一同。

「個体識別名『花園羽香里』の『どすけべ』と呼ばれる精神活動から生じるエネルギーハ、全て彼女の肌を敏感にするのに用いられており、余剰はありませン」

「あんた、何にエネルギー使ってんのよ……」

「私が能動的に使ってるわけじゃないですよ!?」

ドン引きした様子の唐音に、羽香里が思わずといった調子で叫んだ。

「それに、そういう意味じゃお母様だって……」

「そういう意味では、芽衣の忠誠エネルギーも凄いんじゃない？」

「お褒めに与《あずか》り光栄です」

娘からの延焼を華麗に躱《かわ》しながら振り返った羽々里に、芽衣がペコリと頭を下げた。

「個体識別名『銘戸芽衣《めいど》』の『忠誠心』と呼ばれる精神活動から生じるエネルギーハ、全く上下することなく常にとても高い水準で彼女の精神の根底を巡っていまス。仮ニ、私がこれを採取すると彼女ハ……」

『彼女は……？』

「死にまス」

『たった一つのシンプルな回答！』

「私めの命は羽々里様に捧げておりますので、当然でございます」

一同驚きの表情を浮かべる中、当の本人は平然としたものだ。

あるいは、心なしか誇らしげにさえ見えた。

「唐音のツンデレが駄目なら、胡桃のペコデレはどうなのだ？」

「個体識別名『原賀胡桃《はらが》』の『ペコデレ』と呼ばれる精神活動ハ」

「なんで通じてんだよ呼ばれてないんだよここ以外では」

「彼女ハ、不足しがちな肉体エネルギーをペコデレエネルギーで補塡《ほてん》していまス。仮ニ、私がこれを採取すると彼女ハ……」

「はいはい、どうせまた死ぬとか……」

「食欲が今の一〇倍になりまス」

「絶対やんなよ!?」

今でさえ食欲に振り回されがちな胡桃は、ガルルと凪乃2を威嚇《いかく》する。

「『提言したい』」

と、小さなお手々を挙げたのは静。

「〝楠莉先輩〟『のあくなき探究心は』『いかがかな?』」

「個体識別名『薬膳楠莉《やくぜん》』の『マッドサイエネルギー』ハ」

「静が言ってたのとなんか違うのだ」

「これをエネルギー転用シ、燃料として利用するト……注入された機器は全て想定外の挙動を取るようになるでしょウ」

『精神エネルギーウイルス!』

「ウイルスなら薬で退治出来るのだ!」

「そっちが退治される側なんだよ」

どうやら、楠莉の精神性はどこかの星の文明崩壊を招きかねないものらしい。

「じゃあ静先輩とか、どうなんだ？　なんだろ、その……可愛いエネルギー、とか……」

自分で言いながら、途中で照れて胡桃の声は萎《しぼ》むように小さくなっていった。

そんな胡桃を羽々里が可愛い可愛いと撫《な》でようとし、全力で逃げられる。

「個体識別名『好本静《よしもと》』の『可愛い』と呼ばれる精神活動から生じるエネルギーハ」

「自分で言っといてなんだけど、それは精神活動なのか？」

「好本静の可愛さはその挙動も大きく寄与している。精神性と考えるのが合理的」

「急に出てきたな凪乃先輩」

「これを奪うだなんてとんでもなイ」

「凪乃２の方が精神支配されてきてない……？」

若干の恐れを含む視線を凪乃２に向ける胡桃だが、ともあれ。

「これで私たちの精神エネルギーについては一通り語り終えたし、後は恋太郎ちゃん……」

「待ってください！」

恋太郎に水を向けようとする羽々里を、羽香里が手で制す。

「お母様、何しれっと自分のターンが終わったことにしようとしてるんですか？」

「くっ……！」

「さぁ凪乃2さん、お母様のすけべエネルギーを暴いちゃってください！」

「『死なば諸共』〃の精神であった〃」

「個体識別名『花園羽々里』から検出されるエネルギーを生み出している精神性ハ」

羽香里が、実の母を追い詰めんとする中。

「『母性』」

「……えっ？」

予想外だったのか、羽香里は思わずといった様子で母を見た。

「個体識別名『花園羽香里』へと常に注がれル、この大きな奔流ハ……我々のテクノロジーを以《もっ》てしてモ、変換不可能でしょウ」

「お母様……！」

淡々と告げられる情報に、羽香里の目が潤む。

「当たり前でしょう？　母親は、いつだって子供のことを想っているものなんだから」

先程まで「くっ……！」とか言って追い詰められた様子を見せていた羽々里だが、慈しみに溢《あふ》れる今の表情は確かに『母』の顔であった。

「だから、ママのおっぱいをチュッチュしたりするのもセーフなのよ！　母性だもの！」

「精神活動『赤ちゃんプレイ欲』の高まりが検知されましタ」

「しっかり別で検知されてるじゃないですか……ッ！」

でゅふふとヨダレを垂らし始めた羽々里に、遺憾の意を表明する羽香里だった。

◆　◆　◆

「どれモ、エネルギー自体は大きいのですガ……」

「今のところ採取出来そうなものは無し、か」

恋太郎と共に少し残念そうな表情の凪乃2は、いつもの凪乃よりは幾分表情豊かだ。

「それニ、大きいとは言ってモ、過去に何度か観測された最大クラスに比べるト、まだまだ微弱であると言わざるを得ませン」

そんな凪乃2を見て、恋太郎はふと思いつく。

「そういえば、凪乃自身の精神活動はどんな感じなんだ？」

「個体識別名『栄逢凪乃』の観測記録は両極端デ、普段は他の地球人と比べテ……いエ、我々と比べてさえモ、精神の揺らぎは微弱でス。ですガ、マックス値としては他の皆さんと同規模の強烈なエネルギーが観測されていまス。宇宙人でも解明出来ない謎でス」

宇宙人ジョークなのか判断に迷う凪乃2の話を聞きながら、恋太郎は考えていた。

(凪乃が大きく心を揺らす時、か)

自惚《うぬぼ》れでなければ……そんなの、考えるまでもなく一つしかないだろう。

「今の凪乃の精神も、リアルタイムで観測出来るのか？」

「はイ。私と出会った時は相変わらず凪《なぎ》のようでしたガ、この『屋上』と呼ばれる空間に来てからは少し揺らぎが大きくなっていまス」

凪乃2のその言葉も、裏付けだと言えた。

「じゃあ……こうすると？」

言いながら、恋太郎は凪乃をそっと抱きしめる。

「あっ……」

思わずといった感じで出てきた声は、凪乃2のものなのかあるいは。

トクントクンと、凪乃の心音が速まっていくのが伝わってくる。

トクントクンと、恋太郎の心音が速まっていくのが伝わっていく。

互いに高め合っているかのように、鼓動は無限に高鳴っていた。凪乃の綺麗な髪をそっと梳《す》くと、ドキドキとまた大きくビートを刻む。無表情ながらも顔が赤くなってきているのは、凪乃の身体が勝手に反応しているのだろうか。だとすれば……愛おしくてたまらない。そんな気持ちで少し腕の力を強めると、凪乃もおずおずと抱きしめ返してくれた。そんな仕草もまた、愛らしい。彼女の全てが愛おしかった。

「これハ……!? 個体識別名『栄逢凪乃』及び『愛城恋太郎』の精神から本日最大のエネルギー量を検出しましタ！　ですガ、この精神活動ハ……？　我々の文明にはないものでス……！　一体何ガ……!?」

「逆に、ツンデレとかペコデレとかはそっちの文明にもあるのだ？　むぐ」

疑問を呈す楠莉だったが、一応山場っぽい場面なので静によってそっと口が塞がれた。

「これは、愛し合う者たちが触れ合うことで生じるエネルギー……ラブ・エネルギーだ！」

「ラブ・エネルギー……！　あイ、ですカ……！」

力強く言い切る恋太郎に、凪乃2は目を見開いて感銘を受けた様子である。

そのストレートな物言いに唐音と胡桃は恥ずかしそうにしつつも満更《まんざら》でもなさそうな表情であり、静と楠莉は高出力エネルギーが発見されたことを素直に喜びつつもやっぱり顔を赤くしており、花園親子は恋太郎からの「愛してる」の言葉（厳密には言っていない）に「私も愛してりゅ！」と興奮状態で、その傍らに控える芽衣はいつも通りの穏やかな表情ながらも頬は少し赤くなっていた。

「地球語『愛』を検索しまス……なるほド、生殖のために高まる感情というわけですネ」

「必ずしも間違ってはないんだけど、言い方よ」

「無性生殖で繁殖してきた我々にはないものですガ……なんと純度の高いエネルギーでしょウ……！　どうカ、採取させていただけませんカ！　身体から溢れている部分だけいただくのデ、人体に影響はありませン！」

そっと凪乃の身体を放した恋太郎は、彼女たちの方を振り返る。

すると一同、未だ赤い顔で迷いなく頷いた。

「好きなだけ採取してくれ！　俺の……俺たちの愛は、無限に湧き上がってくるから！」

恋太郎の言葉に、またも「んんっ……！」と胸を押さえる彼女たちであった。

◆　◆　◆

そして始まる、ハイパーハグタイム。

「恋太郎君、力強い……んっ……」

女性らしく曲線的な羽香里の身体を、ギュッと抱きしめる。甘く、艶やかな香りが鼻腔をくすぐった。ギュウッと強く抱きしめ返してくる羽香里の腕は、まるでもう恋太郎のことを離さないと主張しているかのよう。間近に見える、どこかくすぐったそうな微笑《ほほえ》みも愛おしい。胸元に押し付けられる豊満な膨らみの柔らかさには、極力意識を向けないように。また、何やら内股をモジモジさせている点についても見なかったこととする。

「う、宇宙人のためであって、抱きしめられたいだなんて思ってないんだからね！」

そう言いながらも抵抗なく抱きしめさせてくれる唐音のスレンダーなボディには、緊張からか少し力が入り気味なのが可愛い。漂ってくるのは、爽やかで落ち着くような香気。そっと抱きしめ返してくる腕は、ほとんど添えるだけだった。それは素直になれない彼女なりの気持ちの表し方であり、力を入れ過ぎると恋太郎の背骨がお亡くなりになるからという理由ゆえではない……たぶん。

「『戦士の抱擁を』」

それこそ下手に力を込めると壊れてしまいそうな静の小さな身体を、丁寧に抱きしめる。彼女自身の優しい薫香《くんこう》にどことなく混ざる、古書の穏やかな香り。抱きしめ返してくる腕には彼女なりに力が込められているのだろうが、触れられている程度にしか感じられなかった。恋太郎の胸辺り、赤くなりながらも一生懸命な表情がとても愛らしい。スンスンッと吐息が当たるのが少しだけくすぐったかった。

「ぎゅーっ、なのだ！」

続いて、同じく小柄な楠莉が抱きついてくる。様々な薬品の匂いと共に、子供特有の甘やかさが感じられた。元気に抱きしめてくる様が微笑ましく、けれど恋太郎が抱きしめ返すと耳まで真っ赤になって可愛らしい。そんなところは、彼女もまた成熟した恋する女性なのだと実感出来た。なお、ブルッと震えたかと思えば下方からじょんじょろーッという音が聞こえてきた気がするが気のせいだと良いですね。

「ん……」

視線を逸らし、言葉少なに求めてくる胡桃を抱き寄せる。種々の食べ物の匂いの中に、少女と女性の合間とでも言うべき若い馨香《けいこう》が混ざり合っていた。抱きしめ返してくる腕にはほとんど力が込められていなかった……が、「ハグ……はぐき漬け……」という呟《つぶや》き及びくるくるくるという鳴き声と共にどんどん力が強くなってきている。なおはぐき漬けとは滋賀《しが》県湖北地方の伝統的な漬物であり、この後迅速に用意しようと考える恋太郎である。

「恋太郎ちゃん、ぎゅーっ!」

楠莉《八歳児》と変わらぬテンションで抱きしめてくる羽々里だが、そのボディはアダルティ。彼女の母性を示すかのような豊満なバストが恋太郎の頭部を包み込む。同時に包み込まれるのは、羽香里と同じ種ながらもより強烈な色香。けれど恋太郎の頭をそっと撫でる手付きは母のそれであり、まるで絵画に描かれる聖母のよう……と言えなくもないが、若干ヨダレが垂れ始めているため要審議である。

「失礼致します」

背筋を伸ばし直立不動の芽衣を、正面からそっと抱きしめる。キッチリとクリーニングされたメイド服の洗剤の清潔な香りの奥に、確かな大人の芳香も控えていた。腕に込められた力も控えめなのは、メイドとしての距離感を意識してなのかあるいは照れゆえか。答えは、ちょっと上気した頰と……幻視される、ブンブンと嬉しそうに振られている尻尾に表れていると言えよう。

◆　◆　◆

と、一巡し。

「うーン……」

最初は凪乃の身体でハイテンションにはしゃぐというレアな光景を見せてくれていた凪乃2だが、ここに来て浮かない顔になってきていた。

「高エネルギーではありますガ、流石《さすが》に母星全土に供給するには足りませんネ……」

ということらしい。

「何度か観測されていル、最大クラスのエネルギーが安定採取出来れバ……」

ハグより、もっとドキドキすること。

恋太郎には幾つか心当たりがあったが、それを口にする前に。

「あァ」

凪乃2が、何かを思い出したかのような声を発した。

「そういえバ、私がこの星に来た時に観測されたのも最大クラスでしタ。あの時の行動を再現すれバ、もしかしたラ？　確カ、あの時のあなたたちハ……このようニ」

と、凪乃2は不意に恋太郎へと顔を近づけてくる。躊躇する様子もなく一直線に恋太郎とのキスに向かう凪乃の唇を……恋太郎は、手の平でそっと押し留めた。

「それは、出来ないよ」

拒絶の言葉に、凪乃2はぽきゅっと首を傾《かし》げる。

「何らかの前提条件が必要な行動でしたカ？　なラ……」

「そうだね。前提条件というか……それは、恋人としか出来ないから」

「……？」

凪乃2は恋太郎の言葉を咀嚼《そしやく》するかのように視線を上げ、しかし数秒後に先程とは逆側にぽきゅっと首を傾けた。

「個体識別名『愛城恋太郎』と『栄逢凪乃』は恋人関係ではなかったのですカ？」

「間違いなく絶対に、世界一愛おしい恋人だよ！」

恋太郎の叫びに凪乃の精神が反応しているのか、凪乃2の頬がほんのり赤くなる。

「なラ、問題はないト……」

「違うよ」

恋太郎は、ゆっくりと首を横に振った。

「たとえ肉体的には細胞の一つとて変わらない凪乃だとしても……君は、凪乃じゃないから。俺は君に乗っ取られた凪乃も愛しているけど、あくまで愛しているのは凪乃だ」

「そうなのですカ？」

あまり理解出来た様子ではなかったものの、とりあえず恋太郎の言わんとしていることは察したらしい凪乃2は瞳を閉じた。すぐに、再び瞼が上がって。

「代わっ……」

た？　と続くはずだった恋太郎の言葉は。

「んむっ……」

凪乃の唇によって、塞がれた。お互いしか見えない視界で見つめ合うこと、しばらく……別離を惜しむように、凪乃がゆっくりと離れていく。

「代わった」

先程の問いかけに答える声には、どこかしてやったりという感情も窺《うかが》えた。

「この上なく……伝わったよ……」

不意打ちキスに真っ赤になりながら、恋太郎も込み上げる愛おしさを微笑みに乗せる。

その、直後。

「うぉぉぉぉぉぉぉぉぉぉぉぉぉぉぉぉぉぉぉぉぉぉぉぉぉぉォ！」

「!?」

ロマンティックな雰囲気から瞬き一つ、凪乃2がいきなり今日イチのハイテンションで叫んだために恋太郎はちょっとビクッとなった。

「これでス！　このエネルギー量なラ……旦那、どんどんやっちゃってくださイ！」

「精神がほとんど揺らがないって設定、もう死んでるよな？」

興奮のためキャラ崩壊しているらしい凪乃2に、胡桃のツッコミが入る。

なお、凪乃2に言われるまでもなくこの後全員とめちゃめちゃキスした。

◆　◆　◆

「ありがとうございまス。皆様ハ、我々の星の救世主でス」

凪乃テンションに戻った凪乃2が、恋太郎たちに向けて深く頭を下げる。

「お役に立てたのなら良かったよ」

それに対して、恋太郎は善意一〇〇％の笑《え》みを返した。

「べ、別に凪乃2のためにやったわけじゃないんだからね！」

「じゃあこの章、ずっと何やってたんですか私たち」

「『然《さ》程《ほど》平時と変わらぬ気もするな？』」

「凪乃2、お土産《みやげ》に『体内のエネルギーが無限に膨らんでく薬』を持ってくのだ！」

「エネルギーを吸収するタイプの敵を爆発させるために使う手段じゃねーか」

「いつもより表情豊かな凪乃ちゃんも、これで見納めなのねー」

「全て最高画質で録画してございます」

そんな風に、彼女たちが口々に凪乃2との別れを惜しむ（？）中。

「それでは皆さマ、さようなラ」

『っ!?』

凪乃の耳から、ニュッと出てくる異形の姿。

二度目でも慣れない新鮮な衝撃を受ける光景に、全員ちょっとビクッとなった。

完全に凪乃の身体から抜け出した凪乃2はスルスルスルッと凪乃の身体を降りて……そ

のまま、トテトテと屋上の扉へと向かっていく光景に。

（ユーフォー呼ぶとかじゃなく、徒歩で帰るんだ……）

全員の心が、一つとなった。

他方。

「……さようなら」

短い間とはいえ、身体を共有する仲だったからだろうか。

凪乃２を見送る凪乃の表情には、寂寥感《せきりょうかん》が見られるような気がした。

◆　◆　◆

こうして、宇宙からの使者との異文化コミュニケーションは終わりを迎えた。

……かと、思われたが……数日後。

「愛城恋太郎」

「うおっ、凪乃２!?　なんでいるんだ!?」

凪乃……ではなく凪乃２から話しかけられた瞬間、恋太郎は驚愕の声を上げた。

「……前回のエラーは修正したのですガ、やはり即座に見抜かれますカ」

「そりゃ、俺は凪乃の彼氏だから！」

微苦笑を浮かべる凪乃２に対して、恋太郎は理由になってない理由を述べながら良い笑顔でグッと親指を立てる。

「それで、どうしてまた凪乃に？　母星に帰ったんじゃなかったのか？」

「先日のハ、一時帰星でス。エネルギーというのハ、恒常的な供給が必要ですかラ。母星に転送機を設置してきたのデ、私が地球から定期的にエネルギーを送るのでス」

「へぇ、そうなんだ」

とはいえ、それだけなら凪乃に寄生する必要はないはずでは……？

と、恋太郎が疑問に思っていると。

「また個体識別名『栄逢凪乃』に協力いただいているのハ……」

からの、瞬き一つ。

「これで考え事に集中したい時や寝ている時でも身体は活動出来て効率的」

「寝ている時は寝てよう!?　どっちにしろ凪乃の身体だよ!?」

と、冗談とも本気ともつかないことを言う凪乃の口元は……ほんのり口角が上がっているようにも、見えたような気がしたのだった。

君のことが大大大大大好きな100人の彼女

番外恋物語 ～シークレットラブストーリー～

間話　静と凪乃、お笑いライブへ

「好本静《よしもとしずか》、会場はここ？」

「『間違いございません！』」

この日凪乃《なの》と静の二人は、とあるお笑いライブの会場にやってきていた。本屋さんで実施されていた福引きで静がペアチケットを引き当て、凪乃を誘った形である。

「好本静はこういうところによく来るの？」

「『恥ずかしながら、初めての経験です』」

「私も初めて。お笑いという文化自体、完全に未知の領域」

そのせいか、いつもの表情ながらも凪乃はどこか不安げに見える。

「『私たちが共にあれば、どんな時だって』〝楽しいに決まっている〟」

「……確かにその通り」

表情こそ変わらないが、凪乃の不安は静の言葉ですっかり霧散したように見えた。

そして、お笑いライブが始まってみれば。

『学生時代、好きな子に告白出来んかったのが未練でさ。ここでやらしてくれへん?』

「無意義。ここで何をしても過去は変わらない」

『ええけど、俺はお前の男友達をやるってことで良い?』

『女の子やってくれへんの!?』

「〝高らかに笑った。〟」

『じゃあ友達に告白の相談するやつでええわ……俺さ、今日告白しようと思ってるんだ』

「! 関西弁から標準語に切り替えることでコントに入ったことを示す明快な導入」

『そっか……ちゃんと罪を償って帰ってこいよ。塀の外で、待ってるからな』

『いや、警察に罪を告白しに行くんじゃねーんだわ。俺、何の罪も犯してねぇし』

「〝高らかに笑った。〟」

『そうじゃなくて、優子《ゆうこ》ちゃんに告白しようと思ってるって話!』

『過去の悪事を?』

『現在の愛を! なんでお前、頑《かたく》なに俺を咎人《とがびと》にしようとすんの!?』

「天丼……似た流れを繰り返すことでより大きな笑いに繋《つな》げるのは効率的」

「〝高らかに笑った。〟」

と、凪乃と静は終始そんな調子であり。

（なんか無茶苦茶独特のリアクションなお客さんたちおるな……!?　これウケてんの!?　ウケてないの!?　どっち!?）

舞台上のコンビを、だいぶ困惑させているのであった。

そして、実際に彼女たちがどう感じていたかというと。

「楽しかった」

「『爆笑でやんしたなぁ!』」

ライブ会場から出る二人は、満足げな様子であった。

なおライブ中も凪乃は笑《え》みの一つも浮かべていなかったし静も笑い声を一度も上げなかったが、二人なりに楽しんでいたのは間違いない。

「ただ、ツッコミの動きが毎回バラバラで非効率的だった」

「『それでは駄目なのだろうか?』」

凪乃の独特の視点からの感想に、静はちょっと困った顔を浮かべる。

「この軌道が一番効率的……なんでやねん」

そんな静の胸元に、凪乃がポンと軽く手を当てた。

確かにその動きは無駄が完全に排除された、謎にスタイリッシュなもので。

「〝高らかに笑った。〟」

それが妙に面白くて、静はまた高らかに笑う。

「なんでやねん。なんでやねん」

「〝高らかに笑った。〟〝高らかに笑った。〟」

凪乃が静の胸をリズミカルに何度も叩く姿に、通行人から「何が目的なんだ……?」といった視線が向けられていた。でも、恋太郎《れんたろう》ファミリーだったら一目見ればわかる。

「! まだ効率化が可能……これが本当の最適解。なんでやねん」

「『天まで届くほど』〝高らかに笑った。〟」

彼女たちの表情は今を本当に心からエンジョイしているもので、こんな何気ない時間もかけがえのないものだと思っているのだと。

なお、後日。皆の前でも披露された凪乃のツッコミはそこでも大ウケし、しばらく『凪乃ツッコミ』という名称にて恋太郎ファミリー内で流行したのは余談である。

第三話

GO! 恋太郎ロボ!

「おっ、恋太郎《れんたろう》ファミリーで今日は俺たちが屋上一番乗りか」

「私たちの人数が最も多いのだから確率的に妥当」

「『俺たちゃ』〝同じ集団の〟『仲間だぜっ！』」

「ふんっ！　来たくて来てるわけじゃないんだからね！」

「それはもしかして屋上に対してツンデレてます？」

なんて、ワイワイ言いながら一年四組メンバーが屋上のいつもの場所に位置取った。

「……どもス」

続いて、軽く頭を下げながら胡桃《くるみ》が合流する。

「もス……モス食べたい……！」

「こんなこともあろうかと用意しておいたよ！」

自分で言った言葉でくるくるお腹を鳴らしちゃう困った胡桃のお腹を配慮し、日々様々な食べ物を用意している恋太郎が素早くバーガー店の紙袋を渡した。

「今日は、この『理性をぶっ飛ばす薬』を唐音《からね》に飲ませたらどうなるのか実験してみるのだーっ！　さぁ唐音、飲んでみるのだ！」

「それを飲んだ場合、まず目の前にいるあんたのか細い背骨をへし折ることでしょうね」

「さ、流石《さすが》に冗談なのだ……」

「いつもその冗談みたいなライン余裕で踏み越えた薬使ってんだろ」

「『何なら、マシな方かもしれぬのう』」

「そもそも、薬なんて飲まなくても唐音さんのその姿は日常的に観測出来ますよね？」

「内に秘めた暴力性を限られた場面でしか表に出さないことから院田《いんだ》唐音の理性はむしろかなり強いと言える」

「人のこと、必死に人間を傷つけまいとしている悲しき怪物か何かだと思ってんのか？」

楠莉《くすり》もやってきて、ますます賑やかさが増してくる。

後は羽々里《ははり》と芽衣《めい》が合流すればフルメンバー、というところで。

「大変よ、皆！」

芽衣を伴い、羽々里が慌てた様子で屋上へと駆け込んできた。

「『何があったんだい？』」

「どうせ新しいベビー服が出来たとかでしょ」

「何種類作ってんだよそのラインナップ。誰が着るかよって毎度言ってんだろ」

「楠莉、今度は五歳くらいになる薬を頼まれてるのだ」

「断ってくれて構いませんよ。むしろ断ってください」

「芽が出る前に摘むのが効率的」

最も年齢の高い羽々里が最も落ち着いていない場面は珍しくもなく、羽々里の様子にも一同慣れたものであった……が、しかし。

「突如巨大化した教頭が暴れて、街がパニックになってるわ！」

『日常から一転こっちもパニック！』

「精神的な病が悪化して幻覚を見ている可能性がある」

羽々里の報告に、ツッコミ組と凪乃《なの》から早速ツッコミと疑いが入った。

「いや、私だけに見えてるやつじゃなくて！」

「こちらでございます」

主《あるじ》から視線を向けられただけで全てを察する芽衣が、スマホでニュース映像を流す。すると画面内では、確かにビルよりも大きくなった教頭が映し出されており。

「ゲェ～ヘッヘへ、イケメン入れ食いじゃぁ！　数が揃ったら究極のディープキス、『口の中にイケメン詰め』を実行してやるぞぇ～！」

悲鳴を上げる街の男性たちを次々髪の中へと放り込んで捕獲していく教頭という、地獄のような光景が展開されていた。

「世界観イカレてんのか!?」

「それは今に始まったことじゃない」

その現実離れした映像に、凪乃と芽衣を除く一同驚愕の表情である。

「というわけで……ついに、アレを使う時が来たわ！」

「説明責任放棄したまま話進めようとすんな！」

「こっちはまだ『突如巨大化した教頭』のとこ消化出来てねーんだよ」

そう言いながら、さっきまで食べていたバーガーが消化されちゃったらしい胡桃のお腹がくるくると可愛《かわい》く鳴く。隣にいる唐音が視線を逸らしたまままさりげなく差し出したクッキーによって、そのお腹もとりあえずは救われた。

「芽衣！」

「かしこまりました」

再び羽々里の命を受け、芽衣が何かのスイッチを押す。

「『意地でも話を』〝進めんとする意思を感じた〟」

静《しずか》が頬《ほお》に汗を流しながらゴクリと息を呑《の》む中、ゴゴゴゴゴ！　と屋上が揺れ始めた。

「地震か!?　皆、俺の下に隠れろ！」

咄嗟《とっさ》に手を広げ上体を前に倒した恋太郎の下に静と楠莉の小柄組、そして何かしら他の意図を持ってそうなヨダレを垂らした羽香里《はかり》が避難する中……徐々に屋上が、校舎が、真っ二つに開いていく。そして、地下からせり上がってきたのは……。

「こんなこともあろうかと開発しておいた……恋太郎ちゃんロボよ！」

で、あった。

細身のボディは二〇メートルを超えており、恋太郎のように綺麗に整った太眉と恋太郎のようなツンツン頭、機械的ながらもどこか強い意志を感じさせる恋太郎のような目、恋太郎のような四肢と胴体で構築されており、全体的に恋太郎のようなフォルムである。

「どんな時を想定して何を開発してんのよ!?」

「でも、実際に役に立つ時が来ちゃってるわけですし……」

「それが異常なんだよ」

唐音、羽香里、最後に胡桃。それに続いて、楠莉が口を開く。

「ちなみに、教頭先生がでっかくなってるのは楠莉が羽々里に言われて作った『でっかくなる薬』を飲んだからだと思うのだー!」

「あっあっ、楠莉ちゃんそれは言わないお約束……!」

『マッドサイエンティストとマッドセレブのマッチポンプじゃねーか!』

あっけらかーんとバラしちゃった楠莉の口を押さえにかかる羽々里だったが、全部まろび出ちゃった後なので時既に遅しであった。

「人が巨大化する理由なんてそのくらいしか考えられないのだから妥当な論理的帰結」

「人が巨大化する理由に一つでも当てがある時点でおかしいんだけどな」

元から原因を推測していたらしい凪乃に、胡桃が何とも言えない視線を向ける。

「はっ……!?　もしかして羽々里、教頭先生をでっかくするために楠莉に『でっかくなる薬』を頼んだのだ？」

「『仮にも雇用者になんということを……』」

「あっあっ、違うのよ！　教頭先生が飲んじゃったのはアクシデントで！」

恐《おの》れ慄《の》く静に対して、羽々里は慌てて手を横に振った。

「ホントは自分で飲んで、ママがおっきくなって皆の全身を『包み込んで』あげたいなって思って作ってもらったの！」

「なら教頭のファインプレイだよ」

その場面を想像しているのかうっとりとした表情の羽々里に刺さる胡桃の視線は、とても冷たいものである。

「お薬をポケットに入れてたんだけど、廊下で落としちゃったみたいで……見つけた時には、『男子生徒の飲みかけかもしれん！』って教頭先生が一気に飲んじゃってたのよ……」

「まず劇物を気軽に携帯すんなって話なのよ」

「この場合は試験管に入った謎の液体を躊躇なく飲む教頭も大概やべぇけどな……」

だいぶ引いている様子の胡桃ではあるが、彼女も何か飲みたいモードの時だったらワンチャンいく可能性があると言えた。

「『でっかくなる薬』の副作用で、今の教頭先生は理性を失っていて危険なのだ！　とりあえずロボで動きを止めて、『打ち消しの薬』を飲ませるのだ！

「まるで普段は理性が働いているかのような物言いね」

張り切った様子の楠莉に、唐音がジト目を向ける傍《かたわ》ら。

「皆さん……ロボに、乗りましょう」

真剣な表情で、羽香里。

その声は決して大きくはなかったが、確かな決意を感じさせるものであった。

「なんであんたまで乗り気なのよ……」

「お？　ロボに『乗る気』と『乗り気』をかけた唐音の爆笑ギャグなのだ？」

「込めてない意図を勝手に読み取って私が滑った感じにすんじゃないわよ！」

「皆さん、危機感が足りていません」

わちゃわちゃする唐音と楠莉に対して、羽香里はあくまで真面目な顔だ。

「な、何よ……確かに、街の危機ではあるかもだけど……」

「それもありますが、さっきの教頭先生の言葉をちゃんと思い出してください！」

羽香里の言葉に、彼女一同ハッとした表情で恋太郎に視線を向ける。

先程の「ゲェ～ヘッへへ、イケメン入れ食いじゃぁ！」という教頭の言葉から……。

「恋太郎も危ないってことじゃない！　べ、別に恋太郎のことをイケメンだとか思ってるわけじゃないけどねっ！」

「『我らの』〝恋太郎君〟『が持ってかれちまう！』」

「防止可能な手段が用意されているのなら利用するのが合理的」

凪乃の言葉に、彼女一同頷《うなず》き合った。

「皆……俺のために、ありがとう！　俺も、街の人々のために教頭先生の暴走を止めたい！　ロボに乗ろう！」

こちらは真っ当な正義感からの言葉ではあるが、ちょっとワクワクした様子も垣間見《かいまみ》える辺りが恋太郎の男の子な部分と言えよう。

「搭乗ゲート、オープンっ！」

ロボに向け、パチンと指を鳴らす恋太郎……だが、ロボはうんともすんとも言わず。

「そういう機能はないから、あっちのはしごを伝ってコックピットに乗ってちょうだいね！　ごめんねごめんね次からはそういうのも付けておくからね!!」

「あ、はい……」

申し訳なさそうな羽々里に言われて若干恥ずかしそうな恋太郎を先頭に、一同ロボへの搭乗を開始するのだった。

◆　◆　◆

そうして、全員で恋太郎ロボに乗り込んだわけだが。

「中は意外と広いんですね」

『GOGOGOGO恋太郎っ♪　巨悪をぶっ飛ばすぜ恋太郎っ♪』

「皆が快適に過ごせるよう、コックピットは広めに設計したわ！」

『GOGOGOGO恋太郎っ♪　巨悪をぶっ飛ばすぜ恋太郎っ♪』

「なんかノリで全員乗っちゃったけど、操縦桿一つしかないじゃん……」

『GOGOGOGO恋太郎っ♪　巨悪をぶっ飛ばすぜ恋太郎っ♪』

「操縦者を一人に限定する設計は余計なコンフリクトを避けられて効率的」

『GOGOGOGO恋太郎っ♪　巨悪をぶっ飛ばすぜ恋太郎っ♪』

「『船頭が多いと』〝標高八八四八メートル〟『まで登っちまうぜ！』」

『GOGOGOGO恋太郎っ♪　巨悪をぶっ飛ばすぜ恋太郎っ♪』

「……いや、さっきから延々大音量で流れてるこの曲はなんなのよ!?」

五回目のループにて、ようやく唐音からツッコミが入った。

「恋太郎ちゃんロボのテーマソングよ！　あんまりよく知らないけど、巨大ロボといえば熱いテーマソングだって聞いたことがあるから！」

「だとしても、それはコックピットで実際に流れてるものじゃねーんだよ」

「というか、せめて他のフレーズも聞かせないよ！」

「同じフレーズを延々繰り返して聴かせるのは洗脳に効果的」

「GOGOGOGO恋太郎っ♪　巨悪をぶっ飛ばすぜ恋太郎っ♪」

「〜♪」

なんて会話の間も延々同じフレーズは繰り返されており、楽しそうに歌う楠莉とリズムを刻んでいる静辺りは既に洗脳が始まっているのかもしれない。

「恋太郎ちゃんロボに搭載したコンピュータの余ったメモリを利用して曲を入れてるんだけど、二フレーズ分しか空きが残ってなくて……」

「じゃあ余らせとけそんなもん！」

と、一部彼女からの不評によりオープニングテーマはここまでとなった。

「『話を戻そう』」

「私たちは、恋太郎君ロボを操縦する恋太郎君を応援する係ということですね！」

と、羽香里が張り切った様子でグッと拳を握るが。

「いえ……それもあるけど、私たちには更に重要な役割があるの！」

『……？』

羽々里の言葉の意味がわからず、芽衣を除く一同が首を捻った。

「恋太郎ちゃん、試しに恋太郎ちゃんロボを動かしてみてくれる？」

「あ、はい」

羽々里の指示に従い、恋太郎は操縦桿を握って。

「いくぞ……発進だ！」

これまたちょっとワクワクした様子で、さっき芽衣からレクチャーを受けた通りに操作していく。まずは恋太郎ロボを前進、させたつもりだったのだが……恋太郎ロボは、一歩目で止まってしまった。

「あれ……？　あれ？」

恋太郎は操縦桿を押したり引いたりしてみるが、ウンともスンとも言わない。

「すいません、何か操縦を間違えちゃいましたか……？」

「いいえ、恋太郎様は正しく操作していらっしゃいます」

「じゃあ、どうして急に動かなく……？」

「それはね」

恋太郎を筆頭に疑問符を浮かべる一同に、羽々里はキリリとした表情を浮かべた。

「燃料切れよ！」

『一歩分の燃料しか積んでないの⁉』

真顔で言い切った羽々里に、ツッコミ組の声が重なる。

「ちゃんと動く人型の巨大ロボットを設計しようとすると、内部はほとんど駆動系が占めることになって……燃料を積めるようなスペースがほとんど残らなかったのよねぇ」

「なんでそんなとこだけ無駄にリアルなのよ！」

「というか、コックピットに居住性を求めるより燃料のスペースを優先しろよ」

眉根を寄せてはふんと溜め息を吐《つ》く羽々里に対する唐音と胡桃の視線は鋭かった。

「そこで、さっきの話に戻ってくるんだけど」

いつものことだからか、気にした様子もなく羽々里は話を進める。

「この恋太郎ちゃんロボはね……私たちの、愛で動くのよ！」

「なんでリアリティを追求した結果、よりフワッとした概念になってんだ」

「いえ、待ってください？　ついこの間、似たような話がありましたよね？」

「え？　……あっ」

羽香里に言われて、胡桃も気付いた様子。

「そう……この恋太郎ちゃんロボの動力源は、ラブ・エネルギーなのよ！」

「『その言葉、』『使い捨てかと思っていたが……』」

「使い回せる設定は使い回すのが効率的」

なんて言う凪乃の耳から、ニュッと異形が這い出す。

「私が技術提供しましタ」

「凪乃2、やっぱりまたいたのか」

凪乃の口を借りて喋る凪乃2に、恋太郎が微笑を浮かべていたところ。

「呼びましたカ？」

『逆側からも凪乃2!?』

凪乃の反対側の耳からも異形の姿がニュッと飛び出し、一同軽くパニックだった。

「凪乃2、分裂したのだ……?」

「私ハ、凪乃3でス」

「私は技術者ではないのデ、地球生命体個体識別名『花園《はなぞの》羽々里』の要請に応えるたメ、母星からエンジニアを呼び寄せましタ」

凪乃の口で交互に喋っているらしい、凪乃2と凪乃3。

凪乃3は、やはりインクリメント式の効率的な名付けをされたようだ。

「昼夜交代で操縦すれば、二十四時間身体を自動運転出来て効率的」

「それはもうただ乗っ取られてるだけの凪乃先輩だよ」

冗談とも本気ともつかない凪乃の言葉に、胡桃が若干引いた様子である。

「これでわかったわね? 恋太郎ちゃんロボを動かすためには……私たちが、皆でイチャイチャする必要があるのよ!」

「お母様、もしかして最初からそれが狙いで恋太郎君ロボの開発を……?」

ヨダレを垂らす羽々里に、羽香里が疑念の目を向けた。

が、手はグッと親指を立てている。

「なるほど、そういうことなら……!」

一方で、恋太郎は決意に満ちた目を彼女たちの方に向けて。

「順番に、ハグをしよう！」

『っ……！』

恋太郎の堂々たる宣言に、ちょっと照れながらもしっかり頷く彼女たちであった。

◆　◆　◆

全員とハグした結果、ラブ・エネルギーも充塡《じゅうてん》されたらしく。

恋太郎ロボは、今度こそ無事に発進することが出来た。

「ゲェ～ヘッヘヘェ～！」

「教頭先生、そこまでです！」

そして、引き続き街の男性たちを髪に飲み込んでいる教頭の前へと立ちはだかる。

「……そういえば」

そこでふと、楠莉が何かに気付いたような表情となった。

「よく考えたら教頭先生、なんで服を着てるのだ？」

「人としての最後の尊厳は捨ててないからじゃないの」

「薬膳《やくぜん》楠莉は巨大化によって服が破れていない点について言及していると推察される」

「楠莉先輩が、そこも良い感じになるよう薬を開発してくれたんじゃないんですか？」

「楠莉の今の科学力じゃ、服をサイヤ人が着てるやつみたいに伸びるようにする薬なんて作れないのだ……！」

「人間を巨大化させるよりは難易度低い気がするけどな」

羽香里に尋ねられ悔しげに返す楠莉に、胡桃が真顔でツッコミを入れる。

「教頭先生様の服が大幅に伸びるのは、激しい運動をされがちな教頭先生様を案じた羽々里様が『サイヤ人様が着てるみたいな服』を開発指示・支給されたからでございます」

「よりシンプルにリアリティが破綻《はたん》してんじゃねーか！」

羽々里の視線を受けた芽衣の説明によって、教頭が全裸でないことの辻褄《つじつま》合わせも終わったところで。

「おぉ、男じゃ男じゃ！　でっかい男がおる！」

立ちはだかる恋太郎ロボに、巨大教頭が飛びついてくる。

「そーれ、ディープキスじゃああ〜〜〜〜ッ！」

かと思えば、教頭は即座に恋太郎ロボの唇に当たる部分……メインカメラが搭載されているところに吸い付いた。

『精神的ブラクラ……！』

モニタいっぱいに教頭の蠢《うごめ》く舌が表示されてしまい、うっ……！　となる一同だった。

「お母様、なんで唇のとこにカメラ付けちゃったんですか……！」

「仕方ないじゃない、こんなことになるとは思わなかったんだもの……！　それに両目に付けるとリアルタイムでの映像処理が複雑になってメモリ不足になるし、片目だけだと普段と見え方が違って危ないから、唇辺りがベストだったの……！」

「さっきからちょいちょいリアルっぽさを言い訳にしてるの何なんだよ！」

「その場合眉間に付けるのが合理的」

「眉間にほくろが出来た恋太郎ちゃんも間違いなく可愛いけど、それは今の恋太郎ちゃんではなくなっちゃうから……！」

「『機械化の時点で』〝恋太郎君〟『ではない何かであろう』」

なんて、彼女たちがわっちゃわっちゃしている中。

「くっ……！　駄目だ、振りほどけない……！」

真面目に操縦している恋太郎は先程からガチャガチャと操縦桿を動かしているが、教頭にホールドされたボディはギシギシと鳴動するだけでそれ以上は動かなかった。

それどころか、教頭によって道路へと押し倒されてしまう。

「男の声がしたな…そこに男がおるなぁ〰〰〰？」

直接触れたせいで恋太郎の声が聞こえてしまったらしく、恋太郎ロボの胸部……コックピットがある位置に耳を当てる教頭。

「出てこぉい！」

そして顔を離したかと思えば口から謎の液体を噴出し、恋太郎ロボのボディに浴びせかける……と、ジワジワと恋太郎ロボの装甲が溶け始めた。

「楠莉先輩、巨大化するだけの薬じゃなかったんですか!?」

「こ、こんなの知らねーのだ……楠莉の知らない進化を遂げているのだ……」

切迫した羽香里の問いかけに、楠莉もドン引きの表情を浮かべている。

「人間の胃酸はpH《ペーハー》1と非常に高酸性。巨大化により機能強化された胃から分泌された胃酸である可能性も考えられる」

「じゃあこれゲロぶっかけられてんのだ!? オエーッ！」

「今液体の正体どうでもいいでしょ！」

「何にせよ人の口から吐き出された液体なんて浴びたくないんだよ」

「……まずいわね」

そんな中、羽々里は深刻そうな表情で芽衣に視線を送った。

「このコックピット周辺は、酸にとても弱い素材によって構成されております」

「まずなんでそんな素材使用してんのよ」

「酸がコックピット周辺まで到達した場合一気に溶解し、強酸がコックピットになだれ込む可能性が高いと推察されます」

「そうなると、全員……『死』よ」

「このノリでそんなガチめに命の危機に陥《おちい》ることあんの⁉」

羽々里と芽衣の物騒な説明に、唐音の目は飛び出んばかりである。

「くっ……！　そうなったら、俺がこの身で全ての酸を受け止める！」

「〝恋太郎君〟『だけを死なせるわけにゃあいかねぇな！』」

「羽々里様の身は私《わたくし》めが守らせていただきます」

「全て受け止めるには表面積が不足している」

文字通り身体を張って盾にならんとする恋太郎に、続こうとする静と、羽々里の盾にならんとする芽衣。三人の覚悟に、凪乃が冷静にツッコミを入れる。

「よりにもよって、今日は酸性の薬しか持ってないのだ……！　アルカリ性の薬があれば中和出来たかもしれないのに……！」

「仮に持ってたとして、試験管一本二本分でどうにかなる状況じゃないですよ……」

口惜しげに拳を握る楠莉に、羽香里が溜め息を吐いた。

「アルカリ性でなくとも、大量の液体があれば中和されると思うんですが……」

「！」

娘の言葉に、羽々里が何かを思いついたように目を見開く。

「恋太郎ちゃん！　どうにか、教頭先生の口が恋太郎ちゃんロボのお股の辺りに来るように位置をズラせないかしら⁉」

「えっ？　あっ、はい、やってみますけど……大丈夫ですか!?　その、絵面的に！」

「そこにしか活路がないの！」

「っ……！　わかりました！」

　理由も絵面的に大丈夫かも説明されないままだが、羽々里の目に強い意志を見て取った恋太郎はすぐさま操縦桿を握り直す。

「うぉぉぉぉぉぉぉぉぉぉぉぉ！」

　未《いま》だ教頭にホールドされた状態ではあるが、全力でもがくことで少しずつ位置をズラすことは出来た。泳がせているのか単に気付いていないのか、教頭側からは妨害のようなものはない……というか溶解液を吐き続けつつもちょっと興奮した様子を見せている辺り、恋太郎たちの狙いを察した上で乗っているのかもしれない。

　そのままズリズリと動くことしばらく、教頭の口の真下に恋太郎ロボの股間を持ってくる。ジュゥと酸で股間の装甲が溶け始め、恋太郎のお股もちょっとヒュンッとなった。

「この状態で、白色のボタンを押してちょうだい！」

「はい！」

　ここも説明なしの指示だが、恋太郎は躊躇なく操縦席に幾つもあるボタンの中から白色のボタンを押した。すると……。

　――ぶしゃぁぁぁぁぁぁぁぁぁぁぁぁ！

「おごっ!?」

恋太郎ロボの股間から透明な液体が勢いよく射出され、教頭を押し戻し始める。

「恋太郎ちゃん！　出力最大よ！」

「了解です！」

恋太郎が傍らのスラストレバーを全力で前に倒すと、液体の勢いは更に増して……。

「ぬぐぅっ!?」

ついにはその水勢に抗《あらが》い切れなくなったか、教頭が自らバックステップで距離を取る。

「やった、ピンチ脱出だ！　ありがとうございます、羽々里さん！」

「助かりましたけど！　助かりましたけどぉ……！　どうしてこんなところから液体が出る機能があるんですか……！　これじゃまるで……！」

徐々に勢いを失いながらも未だ恋太郎ロボの股間からは液体がチョロチョロと射出されており、羽香里は頭痛でも感じているかのように顔を顰《しか》めた。

「おちっこ機能よ！」

「娘が口にせず呑み込んだ言葉を！」

堂々と言い切る羽々里に、羽香里はぐぅと更に渋い顔となる。

「安心して、中身はただの水だから！」

「ホントのしっこじゃない辺り、羽々里にもまだ理性が残ってたのだな……」

「そんなことより、何を意図して付けた機能なのか聞かせてもらおうか？」

「あっあっ、やめてください唐音さんそこをつまびらかにしようとするのは！」

「おっきくなった私が、恋太郎ちゃんロボのおしめを替えたかったからよ！」

「ほらぁ！　こうなるじゃないですかぁ！　お母様、さては最初からそれが目的で恋太郎君ロボを作ったんですね!?　全部腑《ふ》に落ちましたよ！」

これまた堂々と言い切った羽々里に、羽香里は頭を抱えた。なお現在、羽々里の口からもヨダレ的な液体が結構な勢いで漏れ出ている。

「皆が乗ってる恋太郎ちゃんロボのおしめを替えるってことは、それはもう皆のおしめを替えるってことになるじゃない？」

「ならねーしやらねーよ」

「恋太郎様ロボ用特大おしめも発注済みでございます」

「『癖《へき》が』〝天元突破〟『しておられる……！』」

「そのスペースに水ではなく『打ち消しの薬』を積んでいれば最効率で勝利出来ていた」

「出来たかもしれないけど最悪の勝利の構図になってたわね」

と、ひとまずピンチを脱出出来たことでコックピットの空気も少し弛緩する中。

「今回はどうにか脱出出来たけど、接近戦は危険かもしれません！　何か、距離を取って戦えるような機能なんかはありませんか!?」

「あるわよ！」

未だ緊張感を持って操縦桿を握る恋太郎の言葉に、羽々里が即座に頷く。

「次も下ネタである可能性が高い」

なお直近にデカ過ぎる実績があるため、誰も凪乃の言葉を否定出来なかった。羽香里が手を組み祈るような格好なのは、ワンチャン外れてくれることを願っているのだろうか。

「恋太郎ちゃん、今度は青のボタンを押してちょうだい！」

「了解です！」

今度も羽々里の指示に従い、恋太郎は素早く青のボタンを押す。

すると遥か上空から何かが飛来してきて……ズンッ！　と地面に突き刺さった。

「恋太郎ちゃんソードよ！」

「やっぱり下ネタじゃないですか！」

『え……？』

「え……？」

反射的にという感じでツッコミを入れた羽香里に対して他メンバーからの疑問の声が上がり、それに対して羽香里が疑問の声を上げる。

「あっ……！」

それから、羽香里は何かに気付いた様子で頬を赤らめた。

「？　普通のでっけぇ剣なのだ」

「まずでっけぇ剣は普通じゃないけどな」

「とはいえ、まぁ確かにロボットものの定番ではあるんじゃないの？　私もそういうの、詳しく知らないけど……あっ」

自らの言葉の途中、唐音もまた何かに気付いたような表情でちょっと頬を赤く染めた。

「あんた、『恋太郎のソード』って『そういう意味』に取ったの!?　いっつもすけべなことばっかり考えてるからそういう発想になんのよ！」

「くっ……！」

今回ばかりは己のやらかしと悟っているのか、羽香里から唐音への反論はない。

「？」

楠莉は未だ意味がわからず疑問符を浮かべているが、他の一部彼女たちの意識が恋太郎本体の下半身に集まっているような気配がして恋太郎の頬もちょっと赤くなった。

「『ところで』『剣はいずこから？』」

そこでふと、静のスマホが疑問の声を上げる。

「頭上に待機している輸送ヘリより投下致しました」

「財力によるシンプルな解決法で効率的」

「それ、たぶんだけど何かしらの法律に引っかかるんじゃないの……？」

「あら唐音ちゃん、知らなかったかしら？　お金って、結構便利なのよ？」

「『それはお主が敵だった頃の』〝顔であった〟」

なお羽々里はあくまでも敵だった頃の顔でお金の便利さについて語っているだけであり実際に何かしらの法を犯しているわけではなく、ロボットもののお約束として「いいよ！」と国から許諾を得ているのでご安心ください。

「そもそも、なんで赤ちゃんプレイ用の機体に剣が用意されてんだよ」

「胡桃さん、ハッキリ『プレイ』と言葉にするのはやめていただけませんか……！」

「言葉にしなきゃどうにかなる段階は初手で過ぎてんのよ」

「男の子は、剣のオモチャとか好きかなって。ふふっ……息子は育てたことがないからあんまりわからなかったけど、どうなのかしら？」

「大好きです‼」

頰に手を当て、ちょっと恥ずかしそうにはにかむ羽々里。なんやかんや羽々里の母性を感じる仕草に、んんっ！　と胸を押さえる恋太郎であった。

「それはそうと、流石に教頭先生をぶった斬るのはちょっと……」

そして、真っ当な倫理観によって恋太郎ソードの使用を躊躇する。

「もちろんホントの刃は付いてないから、殺傷能力はあんまりないわ！」

「あるにはあるのかよ」

「この質量の時点で凶器と考えるのが妥当」

「オモチャってレベルじゃねーのだ」

「……よし！」

四人の言葉を受け、恋太郎は決意の目で恋太郎ソードを手に取り教頭に向けて構えた。

「この剣は実際には当てることなく、牽制《けんせい》にだけ使用することに……」

「オボァァァァァァァァァ！」

『秒で溶けた！』

教頭が再び噴射した溶解液によって、刃の部分がジュンッと瞬《また》く間に溶けていく。

「恋太郎様ソードも、酸にとても弱い素材で出来ておりましたため」

「さっきから何なんだよその素材は！」

「ニッケルとかなのだ？」

胡桃の言葉を受けて楠莉が割と真面目に化学的観点から酸に弱い金属を答えるが、たぶん胡桃的には答えを知りたかったわけではない。また、確かにニッケルは酸に弱い金属ではあるが流石にここまで弱くもない。

「くっ……！　武器を失ってしまった以上、フットワークを使って教頭先生との距離を保ちながら拳で戦うしか……！」

一方、恋太郎は恋太郎で真面目に教頭に抗する術《すべ》を考えシュッシュと恋太郎ロボにシャドーボクシングをさせていた。

「いえ、恋太郎ちゃん！　武器ならもう一個あるわ！　今度は緑のボタンよ！」

「っ、はい！」

キリッとした表情に戻った羽々里の指示で、三度目のボタン押し。

すると恋太郎ロボの目がカッと輝き、そこから教頭へと一直線に強い光線が射出された。

「むっ……!?」

抜群の反射神経により辛《かろ》うじてサイドステップで回避した教頭だが、警戒しているのかジリジリとちょっと後退していく。

「恋太郎ちゃんのお目々からビームよ！　といっても、威力は人体をちょっとビリッとさせる程度だから安心してね！」

「『ならばこちらから先に試すべきだったのではないか？』」

「剣でぶっ叩くよりビームでビビビした方が早いのだ！」

「それはそうなんだけど……」

「……あれ？」

やや物憂《ものう》げな表情の羽々里が何か言いかけるのと同時に、恋太郎が疑問の声を上げた。

「急に恋太郎ロボが動かなくなっちゃいましたけど、もしかして……」

「燃料切れでございます」

「そう、恋太郎ちゃんのお目々からビームはめちゃめちゃ燃費が悪いのよ……！」

「エネルギー消費を考えると妥当」

「そのビームは毎回フルネームで言わないといけないのか？」

コックピットで、そんな会話が交わされる一方。

「む……？　油断を誘っておるのか……？」

未だ警戒している様子ではあったが、恋太郎ロボがただ突っ立っていることを訝《いぶか》しんでいるらしい教頭が今度は油断なくジリジリと近づいてきている。

「むしろ普段の教頭より理性働いてない？」

「理性がオーバーフローして正常値に戻った可能性が考えられる」

「理性ってそういうシステムなんですか？」

唐音、凪乃、羽香里の益体《やくたい》もない話にうんうん頷きつつも、恋太郎は真剣な表情で。

「燃料切れがバレるとマズい！　皆、急いでチャージしよう！」

その要請に、即座にだったりちょっと照れながらだったり一回ツンを挟んだりしながらも、しっかり頷く彼女たちだった。

◆　◆　◆

そして。

「くっ……！　八艘飛《はっそうと》びの教頭にビームが当たらない……！」

「ビルからビルへとめちゃめちゃ軽快に飛び回ってますね……流石は元陸上選手……」

「あの動きはもう陸上とかそういうの関係ないでしょ……」

「間もなく燃料切れでございます」

燃料切れになりそうになっては、操縦している恋太郎を順番に後ろからバックハグして
ラブ・エネルギーを補給し。


「よし、今度こそ当たった……！　なっ、分身!?」

「あれは超高速で反復横飛びを繰り返しているだけ」

「分身してるように見えるレベルの反復横跳びを『だけ』とは言わねーだろ」

「間もなく燃料切れでございます」

燃料切れになりそうになっては、操縦している恋太郎の両側から順番にほっぺをくっつ
け合ってラブ・エネルギーを補給し。


「ようやく教頭先生の動きにも慣れて、ちょっとずつ当たるように……翼が生えた!?」

「これも知らねーのだ……やっぱり楠莉の知らない進化を遂げているのだ……」

「『新たなる』〝進化の軌跡であった〟」

「間もなく燃料切れでございます」

燃料切れになりそうになっては、操縦している恋太郎に順番にお菓子をあーんで食べさせてラブ・エネルギーとついでに胡桃のお腹も満たして。


「うぉぉぉぉぉぉぉぉぉぉぉ！　俺たちも飛べる！　ジェット噴射！」

「恋太郎ちゃんお空へジェットは恋太郎ちゃんのお目々からビームより更にエネルギーを消費するから気を付けて！」

「間もなく燃料切れでございます」

燃料切れになりそうになっては、操縦している恋太郎の頭を順番に撫《な》でてラブ・エネルギーとついでに羽々里の撫で撫で欲も満たし。


「はぁ……はぁ……なんて手強《てごわ》いんだ、教頭先生……」

果てない戦いの末、恋太郎たちは疲労困憊《こんぱい》の体《てい》だった。

恋太郎たちの愛の力は無限大だが、体力は有限なのである。

「ところでさっきから気になってるんですけど……教頭先生、ちょいちょい自らビルにぶつかったりしてかすり傷を負ってるはずなのに、いつの間にか治ってないですか……？」

「スポーツ選手は新陳代謝が活発なため怪我が治るのも早い可能性が考えられる」

「それは人間をやめてるって言うんだよ」

「そんな細かいことより！」

モニタに映る教頭の姿に、唐音は痛みを感じているかのように頭に手を当てた。

「今のあの姿は何なのよ!?」

現在教頭の背中には鳥のような翼が生え、頭部からは鹿のようなツノがニョキニョキッと隆起し、口を覗けば肉食獣のような鋭い牙が並んでおり。身体の表面は魚類のように無数の鱗《うろこ》で覆われ、指先からはネコ科のような鋭い爪が伸び、背は亀のような甲羅で守られ、お尻から生えた蛇のような尻尾がビタンビタンと威嚇《いかく》するように地面を叩いており。

「『正しくそれは』〝異形の姿であった〟」

そしてたった今、ツノの横からうさぎのような耳もぴょんと生えてきた。

そこだけやけに可愛くて、逆に全体の不気味さが増している。

「あっ、わかったのだ！」

その光景を見て、楠莉がポンと手を打った。

「教頭先生は、『うさぎみたいになる薬』も飲んでるのだ！　『でっかくなる薬』も『うさぎみたいになる薬』も遺伝子をほにゃほにゃさせる薬だから、混ざり合ってあんなことになってるのだ！　傷が治るのもその副作用なのだ！」

「そういえば確かに、いつでも皆に飲んでもらえるようにそれも持ち歩いてたわ……一緒に落としちゃってたのね……」

「間もなく燃料切れでございます」

はふぅと羽々里が物憂げな溜め息を吐いたところで、芽衣が淡々とまた告げた。

「どうします？　このままじゃジリ貧というか、教頭先生がどんどん強化されてるので私たちの方がどんどんピンチになってますけど……」

「もっと強力な武器とかパワーアップ機能とかないわけ!?」

「あるにはあるんだけど……」

羽々里にチラリと目を向けられ、芽衣は一礼。

「特攻モードでございますね？」

「楠莉たちを殺すつもりで作ったロボなのだ？」

芽衣の説明を受け、楠莉の純粋な疑問が羽々里に刺さった。

「あっあっ、違うの！　特攻モードって言ってもホントに特攻するわけじゃなくてね！全機能を大幅にパワーアップ出来るんだけど物凄い勢いでエネルギーを消費して、空っぽになった後はもうエネルギーを補充しても動けなくなっちゃう一回だけの機能なの！」

「その仕様ならエネルギーを最大まで補給してから使用するのが合理的」

「『このペースじゃ到底追いつけねぇぜ!?』」

そう……静の言う通り。

ここまで順次ラブ・エネルギーを補給しながら戦っているが、常に消費もしているため
ほとんど自転車操業状態なのであった。

「一気に大出力のラブ・エネルギーを得る必要がありまス」

「地球人の恋愛行動パターン名『キス』をオススメ致しまス」

凪乃の両耳からニュッと出てきた凪乃2と凪乃3が、凪乃の口でそう提案する。

「やっぱり、それしかないですよね……！」

「ま、街の皆のために仕方なくなんだからね！」

だいぶ前のめりな羽香里と、ツンと顔を逸らしつつ唐音も明らかに意識した表情だ。

「いや……それは出来ない」

「ど、どうしてですか!?」

「べ、別に私だってホントに仕方なくとか思ってるわけじゃ……」

しかしゆっくり首を横に振った恋太郎に、共にショックを受けた様子を見せる。

「俺は、皆とのキスには全身全霊で集中したい……！　操縦しながらの、ながらキスなん
てしたくないんだ！」

けれど恋太郎が悲痛な表情で叫ぶと、その愛情に全員がキュンッとした表情となった。

「そういうことなラ、しばらくハ」

「私たちガ、操縦を代わりましょうカ？」

「ありがとう凪乃2に凪乃3！　それじゃあいいかな、皆……！」

そして凪乃の耳から出たままの凪乃2・凪乃3の申し出に、一も二もなく頷くのだった。

凪乃の身体から出て操縦桿に触手のようなものを伸ばした凪乃2と凪乃3は、操縦桿を動かすことなく直接恋太郎ロボを操縦し始めた。元々凪乃2たちの技術提供を受けて設計されたロボだけに、その身体でも操縦出来るようになっているらしい。

そして、その間に。

◆　◆　◆

「んっ……」

情熱的に重ねられる羽香里の唇の桃にも似た甘みを感じた瞬間、脳内が幸せに満たされる。他のどの部分とも違う、特別な感触。お互い目を瞑《つむ》っていたのに、薄く目を開けてみれば羽香里の瞼《まぶた》もちょうど上がり、目が合ったのが妙に照れくさかった。とろけるように気持ち良さげなその表情が、恋太郎にもこの上ない幸福的な快感を与えてくれる。

「ふんっ……」

いつもより少し弱々しく鼻を慣らしながらもバッチリとキス待ち顔の唐音の唇に、そっと口づける。触れた瞬間、ピクンと小さく肩が跳《は》ねる様が可愛らしかった。最初は触れる程度だったのに、徐々に強く唇を重ねてくるのが彼女らしい。だけど眉はハの字になっていて、息を止めて密かにいっぱいいっぱいなのも愛らしかった。

「『ちゅ』」

静のスマホから読み上げられる声と一緒に、恋太郎と静の唇も同じような音を奏でた。目を閉じ頬を染める彼女の表情は普段よりもどこか大人びて見えて、いつも以上にドキドキしてしまう。身体は小柄でも同い年の女性なのだと強く意識する瞬間だ。だけど、ちょっとプルプル震えている可愛らしさもまた健在だった。

「楠莉の番なのだーっ！」

首筋に抱きついてくる楠莉の身体をそっと受け止め、唇もまた優しく受け入れる。ちゅっちゅと啄《ついば》むようなキスが可愛らしいけれど、彼女からもまたどこか色香が感じられて心臓が破れそう。なのに唇は小さな子供のもので、妙な背徳感のようなものを覚えるが……すぐに、キスの快楽によって押し流された。

「……ちゅ」

静の真似なのかキスゾンビの時を思い出しているのか、小さく言いながら凪乃は恋太郎の顎《あご》に指を当て自ら唇を重ねてくる。いつもよりほんの少し赤い頬を間近で見ていると、恋太郎の顔も真っ赤に染まってしまう。触れ合う唇の柔らかさと温かさが、当たり前だが彼女も人間なのだと改めて実感させてくれた。

「うんっ……」

ギュッと手を絡め合わせながら、甘えるようにも艶やかにも聞こえる声と共に羽々里が唇を求めてくる。間近で感じられる吐息の香りは、羽香里と同じ。だけど唇の感触は羽香里と似ているようでやっぱり違って、どちらも等しく魅力的だった。少しだけ目を開けてみれば、目の前にあるのは少女の顔にも見えてドギマギしてしまう。

「……恋太郎先輩……」

赤くなった顔を上向ける胡桃の、閉じられたままの唇を迎えに行く。すると胡桃の唇が少しだけ開いて、小さな舌先が恋太郎の唇をそっと撫でてすぐに引っ込んでいった。少しだけくすぐったい、胡桃とのキスの時ならではの感触だ。その後も唇の味を確かめるかのように時折繰り返される舌の動きが、彼女らしくて愛おしかった。

「……失礼致します」

いつもよりちょっとだけ間の空いた声と共に、そっと背に手を回してくる芽衣を抱きしめ返しながら唇を奪う。遠慮がちではあるけれど、しっかりと受け止めてくれるところに普段あまり主張しない彼女の愛情が感じられた。キスをする瞬間、添えられる程度だった手に少しだけ力が込められる瞬間もまた愛おしい。

◆ ◆ ◆

そうして。

「恋太郎ロボ、ハイパーモード！」

再び操縦桿を握った恋太郎が叫ぶと同時に恋太郎ロボの幾つかの部品がパージされ、プシュゥゥゥゥゥゥゥゥ！　と排気口からこれまでにない多量の煙が吹き出した。なお、流石に『特攻モード』は名前がアレなので羽々里によって改められている。

「再発進！」

操縦を再開すると、これまでの数倍もの速度で恋太郎ロボが走り出す。

「凄い！　これなら教頭先生とも戦える！」

「ちょ、ちょっと恋太郎、これ速過ぎて逆に操縦し切れないんじゃないの……!?」

「大丈夫！　皆とのキスによって今の俺は身体を巡る血液の流れが通常よりずっと上がっていて、爆発的な瞬発力を得られてるから！」

「ゴム人間以外がやったら心臓が破裂するやつだろそれ」

ギア2《セカンド》的なものが使えているのかはともかくとして、実際恋太郎はこの暴れ馬のような機体を完璧に制御していた。

「ぬぅ、動きが変わった……？」

教頭も、これまでで最大の警戒心を見せながら身構えて恋太郎ロボを迎え撃つ。

「教頭先生！　今度こそ決着です！」

「キエエエエエエエエエエエイ！」

がっぷり四つに組み合い、両者はそのまま拮抗状態となった。

「わぁっ、今まで なら完全に力負けしてたのに凄いです！」

「『その力、まさに鬼神の如し』」

それどころか、徐々に恋太郎ロボが教頭を押し始める。

「この体勢なら膝の裏を狙ってバランスを崩すのが効果的」

「そこからぶん投げるのだ、恋太郎ーっ！」

二人の言葉を受け、恋太郎は教頭の足を後ろから払った。足を取られた教頭は、大きくバランスを崩す。

「最後の一息よ、恋太郎ちゃん！　頑張って！」

「エネルギー残量三〇％を切りましたため、残り稼働時間三分の見込みでございます」

倒れないことを優先したか、恋太郎ロボから手を放して踏ん張る教頭。

だが、それが致命的な隙となった。

「うぉぉぉぉぉぉぉぉぉぉぉぉぉぉぉぉぉぉぉぉぉぉぉぉぉぉぉぉぉぉ！」

すかさず教頭の両腕を掴《つか》んだ恋太郎ロボは、その場でグルグルと勢いよく回転し始めた。すぐに教頭の身体が浮き、地面に足が付いていない状態では流石の教頭も出来ることはほとんどない。そのまま回り続け、遠心力をたっぷり高め……。

『いっけぇぇぇぇぇぇぇぇぇぇぇぇぇぇぇぇぇぇぇぇ！』

一部彼女たちが声を合わせる中、恋太郎ロボはついに教頭を上空へとぶん投げる。

猛烈な速度で射出された教頭は、空の彼方まで飛んでいってキランとお星様となった。

「勝った……！」

やり遂げた表情の恋太郎。

恋太郎ロボもボロボロになりながらも、腕を組んで格好良く仁王立ちしている。

「やったやった、凄いです恋太郎君！」

「格好良かった……だなんて、思ってないんだからね！　……ちょっとしか」

「『良い投擲《とうてき》じゃったぞ』」

「最も効率的な軌道で飛ばしていて素敵」

「……やるじゃん、恋太郎先輩」

「頑張ったわね、恋太郎ちゃん！　よーしよしよしよし！」

「皆様、祝杯の準備が整いました」

そんな風に、コックピット内が祝勝ムードに包まれる中。

「いや、『打ち消しの薬』を飲ませなきゃいけないのに空にぶん投げてどうすんのだ……」

楠莉は、地面に押さえ付けて飲ませるつもりでぶん投げろって言ったのだ……」

『……あ』

頬に汗を垂らす楠莉の冷静なツッコミに、一同「やっちまった」という表情となった。

「間に合ってくれ、恋太郎ロボぉぉぉぉぉぉぉぉぉぉぉぉぉぉぉぉぉ！」

この後全速力で教頭を追いかけ、燃料的な意味でも地面への距離的な意味でもギリギリでキャッチ。目を回していた教頭に無事『打ち消しの薬』を飲ませるという、ちょっと締まらないエンディングとなったのだった。

間話　楠莉と胡桃、公園にて

「これが、この公園の屋台で気まぐれにしか販売されない伝説のホットドッグ……！」

ある日の昼下がり。公園のベンチに座った胡桃《くるみ》は、自分の手にあるホットドッグを輝く目で見つめてヨダレを垂らしていた。

「いただきます」

手を合わせた後、早速かぶりつく。

「おいっしいいいいいぃぃ～!!♥♥♥」

と、今日も歓喜の声を上げるのだった。

そしてそれは、ホットドッグを食べ終えて胡桃のお腹も落ち着いた頃のことである。

「この辺りが、実験に良さそうなのだ」

とてとてと公園にやってきた楠莉が、草むらに陣取って試験管を取り出した。

「この『草が滅茶苦茶元気になる薬《くすり》』をかけるとどうなるか観察するのだ」

「……今、フラグが立った気がするのはあたしだけか？」

呟《つぶや》く胡桃の存在にはまだ気付いていない様子で、楠莉はジョバーッと試験管の中身を草むらに撒布《さっぷ》する。すると次の瞬間、草たちが一瞬揺らめいたかと思えばニョキニョキニョキッと物凄い勢いで成長し始めた。更に異様なのは、植物らしからぬ動きでうねうねと蠢《うごめ》いている点である。胡桃は、だいぶ引き気味にそれを眺めていたのだが。

「うおっ!? く、草が触手プレイみたいなことしてくんのだ!」

「案の定な展開だよ!」

ツッコミながら、胡桃は楠莉に駆け寄る。絡み付く草を引きちぎって楠莉を救出し、楠莉が『草が大人しくなる薬』を元気になった草に掛けたところで二人ホッと息を吐いた。

「ありがとう! 助かったのだ、胡桃!」

「別にいいけど……今の、一人だったら詰んでたんじゃねーの?? もっと慎重に……」

「次はこの、『身体がしびびびってなる薬』を飲んで効果の程を試してみるのだ!

……しびびびび……ま、全く動けんのだ……」

「言ってる傍《そば》から過ぎる!」

薬を飲んだ途端に倒れて小刻みに震え始めた楠莉を見て、胡桃は頭を抱える。

「『打ち消しの薬』は!?」

「胸ポケットなのだ……しびびび……」

「これか……はい、飲ませるから」

楠莉のポケットから試験管を取り出した胡桃は、楠莉を抱き起こして中身を飲ませる。

効果は劇的で、すぐに楠莉の痺れは解消されたようだ。

「ありがとう！　助かったのだ、胡桃！　次は『鳥を滅茶苦茶惹き付ける薬』なのだ！」

「懲りるって言葉を知らないのか!!」

胡桃が目をつり上げてツッコミを入れると同時、楠莉の身体に変化が生じ始める。幼い子供の姿から、成熟した女性の姿へ。『打ち消しの薬』によって、本来の姿に戻ったのだ。

「懲りる？　なぜそんな必要があるのだね？」

大人びた楠莉は、眼鏡をかけながら首を傾ける。

「実験の結果に、『失敗』というものは存在しないのだよ。全て貴重なデータとなって、最終的な成果に繋《つな》がっていく。トライ&エラーが必要なのはどの分野でも同じなのだよ」

「……そうやって地道に前に進んでくとこは、その……割と……尊敬、してるけど」

「後輩からの敬意とはくすぐったいものなのだね……っと。少しジッとしてるのだよ」

「？」

胡桃の唇に伸ばされた楠莉の手を、言われた通り胡桃は動かず受け入れて。

「ケチャップが付いていたのだよ……あむ」

「っ!?」

胡桃の唇からケチャップを拭《ぬぐ》い取った楠莉はそのまま指を自分の口に放り込み、胡桃は顔を真っ赤にさせることとなった。

「？　このくらい、いつもやっているのだよ」

「い、いつもなら子供の姿だから平気だけど……そっちの姿だと、なんか……」

妙に艶《なま》めかしく見えた先程の楠莉の仕草に、ドキドキしている胡桃である。

とその時、くるくるくる～と胡桃のお腹が可愛《かわい》らしい音を奏でた。

早くも先程のホットドッグは消化されてしまったようだ。

「肉まん食べたい……！」

どこから連想したのか、今食べたいものはそれらしい。

「なら、楠莉も一緒に買いに行くのだよ」

そして、しばらく後。公園のベンチに並んで座って美味しそうに肉まんを頬張《ほおば》る二人の姿に、世のお父さんお母さん方はほっこりとした目を向けるのであった。

第四話
『王冠恋物語《サークレットラブストーリー》』より

【王冠恋物語《サークレットラブストーリー》　Ep.『思わぬ手土産』より抜粋】

私はカマクル。この国の姫をお守りする騎士だ。隣国への使者の役割を果たして自国へと帰還する姫を護衛すべく、今は馬車の隣で馬に乗り周囲を警戒していた。

「最近、この辺りで盗賊が出ると噂を聞く。用心するがよい」

馬車の中から声をかけてくるのは、姫様のお目付け役である老騎士だ。私の師でもあり、幼少の頃より世話になって来た。

『っ、馬を止めよ!』

そんな彼と私の叫びが重なり、御者が慌てた様子で手綱《たづな》を引き馬の足を止めた。

直後、茂みの中から盗賊と思《おぼ》しき者共がぞろぞろ現れる。だが彼らはニマニマと笑うのみで、まだ襲撃してくるような様子はない。このままでは埒《らち》が明かぬな。

「……そなたは何故《なぜ》口をお開きにならないのか。困り事なら手を貸そう」

頭領と思しき青年に向けて、警告を兼ねた言葉を送る。

「ふっ……金目のモノを全部置いてきゃ、命までは取らねぇぜ?」

「あ……アニキィ〜! こいつが夢にまで見た——碌《ろく》に護衛も付いてないお貴族様のカ

モ、ってやつでやんすな！」
と言うのは、青年に付き従っている子分と思しき少年だ。

なるほど、姫の護衛は私と老騎士のみ。甘い餌と見られているわけか。

「人数に怯《おび》えると思ったか？　我らに、恐れるものなど何もない！！！」

馬車の中で不安げな目をしておられる姫を安堵させるべく、力強く剣を抜く。

「今から勝利を我が手に!!」

そして私は、声を上げ盗賊共に斬りかかった。盗賊たちが一斉に襲いかかってくるのを、辛《かろ》うじて捌《さば》いていく。一人一人の練度は低いが、何しろ多勢に無勢だ。ならば……！

「俺を狙ってきやがったか……！」

子分共の間を駆け抜け、最奥の頭領に斬りかかる。

この手の戦闘においては、頭を速《すみ》やかに叩くのが最も魅力的なスタイルだ。

「舐めやがって！　俺ぁ斬り合いが一番得意なんだよ！　無様に負けて、てめぇらの主様《あるじ》を失望させる事になっても構わねぇんだな？　あぁ～ん？」

「ほぅ、奇遇だな。私もこれが一番のお気に入りなのだ」

頭領の挑発に軽口を返しながら、激しく打ち合うこと数合。

「はぁっ！」

「ぐ、ぁ……!?」

頭部を剣の腹で殴りつけると、頭領はぐるんと白目を剝《む》いて気絶した。切り捨てなかったのは、姫の前で流血沙汰は避けたかったがためである。

「あ……アニキィ～!!」

「親分がやられちまった!? 騎士ってのはおっかねぇな……！ 俺ぁ一抜けだ！」

「オレもだ……！ 親分も、俺の屍《しかばね》を超えて行けって言ってる気がするし！」

頭領がいなくなって烏合《うごう》の衆と化した盗賊団は、三々五々に散っていく。

「きょ、今日はこの位にしておいてやるでやんす～！」

頭領を背負って走り行く少年の姿もあった。私は、追走すべく足を踏み出したのだが。

「もうよい帰還せよ！」

老騎士の声にハッとして足を止める。私は姫をお守りする騎士だ。当面の危機が去ったのなら、深追いする必要はない。と、剣を収めた時だった。

「騎士様！ その剣の腕、感服致しました！ どうか僕を従者にしてくれませんか！」

脇の茂みから現れた少年が、そんなことを叫びながら駆け寄ってきた。

「そなたは……？」

「先程の盗賊団に捕らわれていた者です！ 騎士となるため田舎《いなか》から出てきたところを襲われて……あなたに救われた身なれば、あなたのために使いたいと存じます！」

「残念ながら、お断りする」

従者など必要としていない私にこの申し出、こんなのは迷惑であった。

「じゃが、彼もここで放り出されると困るじゃろう。まずは王都まで、仮の従者ということで連れていってはどうじゃ？　姫様、いかがでしょう？」

老騎士の提案に、馬車の中の姫が小さく頷《うなず》くのが見えた。最後に姫の声を聞いたのは、いつのことだったろう。元より彼女は人との会話が何より不得手だったわけではなく、城内における環境がそうさせてしまった。だからこそ、もどかしい。

「姫がそうおっしゃられるなら……」

「ありがたき幸せ！　姫様の寛大な御心に感謝致します！」

少年は跪《ひざまず》き、姫に謝意を示す。やれやれ、とんだ土産《みやげ》を持ち帰ることになったものだ。


【Ｓｉｄｅ．Ｓ】


「ふぅ……」

無事に騎士カマクルたちに合流した恋太郎君の姿に、私は安堵の息を吐く。

「はぁっ、従者に志願する恋太郎《れんたろう》君も格好良い……！」

「恋太郎、名演技だったのだーっ！」

羽香里《はかり》さんと楠莉《くすり》先輩だけでなく、皆もホッとした様子を見せていた。

「さて、馬車の行き先は王都だったわよね？　恋太郎ちゃんを追いかけないと」

「かしこまりました、馬車を追尾致します」

「そういう命令ではないんだよ」

「次のイベントまでスキップするのが効率的」

「現実にスキップ機能は実装されてないのよ」

なんて言いながら、茂みの奥に隠れて一連の流れを見守っていた私たちも移動を開始する。どうして私たちがこんなことをしているのか。

話は、少し遡《さかのぼ》る——


『……ん？』

私たちは、ほとんど同時に目覚めたと思う。最初に感じられたのは、強い緑の香り。学校の屋上にいたはずなのに、どうして……？

『えっ……!?』

私の掠《かす》れるような声が、皆の驚きの声に掻《か》き消された。私も含めて皆が丸くしている目の先に広がっている光景が……見知らぬ、森の中だったから。

「あれっ？　私たち、いつの間にこんなところに来たんですか……？」

「羽々里《ははり》に拉致《らち》られたとかじゃないの……？」

「やぁねぇ、流石《さすが》に同意も取らずにそんなことしないわよ」

「普段のあれこれは同意の上でやってるつもりなのか？」

「なぜかGPSが位置情報を示さない」

「軍事衛星も同じくでございます」

「まずなんでそんなもんのアクセス権限持ってんのだ？」

　皆、動揺に包まれる中……ふと。

「って、うわぁ!?　皆、足元見て！」

『……？　きゃっ!?』

　恋太郎君に言われて足元に目をやると、私たちは気絶してる男の人たちを下敷きにしちゃってて……一斉に、慌てて飛《と》び退《すさ》る。そんな中でふと視線を感じて振り返ると、腰を抜かしたかのような姿勢の男の子が私たちを見て震えていた……あれ？　初めて会うはずなのに、どこかで見たことがあるような……？　なんて思っていると。

「空から降ってきた女の子たちに盗賊団が潰されて僕は結果的に助かったけど、こんな奇妙なことが起こるなんて外はなんて怖いんだ騎士なんて夢見ず田舎で畑を耕すよ〜！」

　叫びながら、男の子は脱兎《だっと》の如く駆け去った。うーん、やっぱり妙な既視感が……。

「静《しずか》ちゃん、今の人……王冠恋物語《サークレットラブストーリー》に出てくる、騎士カマクルの従者の少年のイメージにピッタリだった気がしない？」

「！」

恋太郎君の言葉に、こくこくと頷いて返す。そう……それだ既視感の正体は！

「それに……これ、彼が落としていったものなんだけど」

恋太郎君が拾ったのは、四葉をあしらった髪飾り。従者の少年のトレードマークだ。

「もしかして俺たち、物語の中に入っちゃってたりして……？」

冗談めかす恋太郎君だけど、頬《ほお》には汗が流れている。その理由は、私にも察せられた。

「もしも……本当にここが王冠恋物語《サークレットラブストーリー》の中で、さっきの男の子が騎士カマクルの従者の少年だったとしたらさ……彼がここで騎士カマクルに出会わないとマズいよね……？」

私は、さっき以上に大きく頷いて返す。従者の少年は王冠恋物語《サークレットラブストーリー》における重要キャラの一人で、いなくなると話が大きく変わってしまう。

「ま、まぁでも、そうと決まったわけでもないし……そうだ！　本当にここが王冠《サークレット》恋物語《ラブストーリー》の世界だとすると、この後で騎士カマクルとイオ姫の一行がやってくるはず！」

そうして盗賊団が目を覚ます前に近くの茂みへと移動して、様子を窺《うかが》ってみれば……騎士カマクルとイオ姫は、本当にやってきた。だから整合性を取るため、さっき逃げてしまった男の子の代わりに恋太郎が髪飾りを身に着け従者に扮して辻褄《つじつま》を合わせたのだった。

更に恋太郎君の安否を確認するためと、私たちが来たことによって何か変わってしまっていることが他にもないかの確認をするために、彼らの物語を見守ることにした私たちは……結果的に、物語に大きく関わっていくことになるのだった。

【王冠恋物語《サークレットラブストーリー》　Ep.『真の騎士に』より抜粋】

姫が、投獄された。無論、無実の罪である。姫を陥《おとしい》れんとする者の仕業だ。だが敵は巧妙に証拠を偽装し、このままではいずれ姫は処刑されてしまう。そこで一旦姫を救出し、姿をくらませている間に事態の収拾を図ることとしたのだが。

「しかし城内へ侵入する手立てが……」

姫が囚《とら》われている城は厳しく監視されており、侵入手段の目処《めど》が立っていない。

「手助けが必要な騎士サマがいるってのはここですか？　ってね」

声に振り返ると、老騎士を伴いこちらにやってくるのは見知らぬ女騎士。

「隣国の第三王子殿お付きの騎士じゃよ」

老騎士の言葉に、得心する。隣国の第三王子は、姫に求婚されたと聞く。彼としても、姫を救いたいのだろう。しかし、騎士が一人増えたところでどうなるというのか。

「いかな堅牢な城といえど、穴の一つや二つは……ほら、あそことか」

と、彼女が指差す先には確かに城内に通じていそうな穴があったが。

「しかしこの大きさでは小人族でもない限り……」

「あたしは、騎士としちゃ平凡だが一つ自慢出来る特技があってね」

そう言う合間にピュウと口笛を吹くと、穴の向こうから一匹のネズミが駆け出してきた。

そして、一目散に女騎士の身体を登っていく。明らかに彼女の意思に従っていた。

「ちゅ」

「なるほど、獣使い《ビーストマスター》であったか……！　ネズミはそなたの僕《しもべ》……!!」

「この子に頼んで眠り玉をぶち込んで、ついでに鍵も掻《か》っ払《ぱら》ってくるって寸法よ」

こんな手段があるならば、一も二もなくよろしくお願いしたい所存であった。彼《か》の古代遺跡を守ると伝え聞く猫型兵器でも配備されていない限り、きっと上手く行くだろう。

「あたしは万一にも捕まるわけにはいかないからここに残るけど、じーちゃんは？」

「小生も、そなたとの傍観を所望する」

老騎士が私と共に捕まっては、姫には他に頼れる者などいない。妥当な判断であった。

「一番の大役をこなすのはお主じゃぞ、姫の騎士」

老騎士に、私は力強く頷いた。だが、私はまだ彼の真意を理解していなかったのだ。

「うーんむにゃむにゃあたしゃもう食べられないよ」

寝こけるメイド殿たちを起こさぬよう、静かに侵入を果たす。

「姫っ、お迎えに上がりました……！　遅くなりまして申し訳ございません……！」

「我が騎士……!?」

扉を開けたのが私であったことに、姫は酷《ひど》く驚かれた様子であった。

「まずは国外に身を潜めましょう！　その間に、事態は必ず好転しますゆえ！」

「……好転し、どうなると言うのです？」

驚きで見開かれていた姫の目が、悲しげに閉じていく。

「妾《めかけ》との、望まぬ子だと聞かされ育ちました。碌な縁談も結べない、望まぬ姫だと言われてきました。望まぬ妹だと、兄の手の者により毒を盛られたこともありました」

城内に姫の味方となる者はほとんどおらず、敵となる者は多い。その生涯の中で友と呼べる者は一人もおらず、孤独に城に囚われてきた姫。悲しい哉《かな》それが現実だった。

「望まぬ求婚を受けたかと思えば……此度《こたび》の件は、私がその求婚を受けることを望まぬ一派の手によるものでしょう。私の存在など誰にも望まれていないのなら、いっそ……」

「私が、姫の存在を望んでいます！　姫をお守りすることこそが我が本懐なれば！」

儚《はかな》げに声が消えていく前に叫ぶのに、逡巡《しゅんじゅん》は一瞬たりともなかった。

「今の私は王族ではなく咎人《とがびと》の身。あなたは私の騎士ではありません。仮に全てが上手くいったとて、いずれ隣国に嫁げば……」

「関係ない」

私のぶっきらぼうな物言いに、姫はぱちくりと目を瞬《しばた》かせる。なるほど、今の私は姫の騎士ではない。その通りなのであった。ならば、対等な立場として話そう。

「私の主君は、私が決める。誰かに命じられたからではなく。一度主君と定めれば、隣国であろうと世界の果てであろうといかなる道理を通してもついていこう。そして……」

私は、腰に下げていた剣を抜き放ち。

「貴方《あなた》こそがマイロードだ」

跪いて頭《こうべ》を垂れ、主君に剣を捧げた。沈黙の時間が、やけに長く感じられる。

「はい……！　我が騎士……！」

姫が我が剣を手に取ってくださったこの時、本当の意味で私は姫の騎士となったのだ。


「騎士様、お待ちしておりました！　こちらの道が安全です！」

姫を伴って城を脱し、我が従者の案内に従い路地裏を三人で走ることしばし。

『っ！』

行く手に人影が現れ、我々は思わず足を止めた。そこにいたのは、一見すればただの身綺麗なメイド殿。だが、少し様子がおかしい。何かを腹に抱えているような気配を見抜く……姫の騎士として、ただただごく自然に身に付いた技能だった。

「今日一日の仕事もおありだったでしょう。だのにメイド殿はいつも身綺麗でいらっしゃる……まるで、この城で働くメイドではないと自ら主張しているかのように」

「ふふっ、この程度は見抜いてもらわないと困りますものね」

続いてもう一人、艶やかな雰囲気の少女が現れた。メイド殿は彼女の後ろに付き従う。

「そなたは……？」

「四天王が一人、と言えばわかりますか？」

「帝国の者か!?　ということはそなたが、彼《か》の帝国一の策士……!!」

野心的に他国に攻め入ることで知られる彼の帝国には、四天王と呼ばれる四人の将がいる。唯一の女性は、確か智将と呼ばれる者と聞いた。

「今のあなた方に必要なものをお持ちしましたわ」

どこか芝居がかった調子で智将が言うと、メイド殿が革袋を抱えて近づいてくる。

「そなた、私に斬られるとは思わないのか……？」

「たとえ斬られようと、主人のご命令を遂行させていただきます」

「智将の専属メイドとはいえ忠誠心が過ぎるのでは……」

なぜか固く瞼《まぶた》を閉じたままのメイド殿から受け取った革袋の中身を覗いてみれば。

「これはっ!?　どういうつもりだ……？」

なんと、大量の金貨が詰め込まれているではないか。

「逃亡生活にも資金が必要でしょう？　全て使っていただいて構いませんよ」

私が尋ねたのは、そう言った意味ではなかった。

「帝国の四天王制についてはど、れくらいご存知ですか？」

私の意図を汲み取った智将がそう続ける。四天王とはいうが彼らは決して一枚岩などではなく、むしろ帝国の次期宰相の座を争う対立構造にあると聞く。それぞれが国を欲するのであれば、四天王らは四人いるが為四つの国を占領する必要があった。

「つまり姫を陥れたのは四天王の一人であるが、その者に利するとそなたが困ると？」

「そういうことです。では……応援してますよ、悲劇の姫とその騎士様」

そう言い残して、智将は去っていったのだった。


【Side．S】


「ふ〜っ、緊張しちゃいました〜！　上手く出来てましたかっ？」

戻ってきた智将演じる羽香里さんに、私はこくこくと何度も頷いた。

「めちゃめちゃ悪役っぽかったわね……血を感じるわ……」

唐音《からね》さんの言う通り、凄く雰囲気が出ていたと思う。

さて、今回なぜ羽香里さんが智将の代役を務めることになったのか。全ては、この世界に来た初日にまで遡る——

「騎士カマクルとイオ姫を見守るのは良いけど、その間の私たちはどう生活すんのよ？」

「あ……当然ながら、私たちこの世界のお金なんて持ってないですもんね……」

王都に到着し、物珍しさに色々見て回っていたところで根本的な問題が浮上した。

「それについては、私に考えがあるわ」

「それでは私《わたくし》めは、一旦別行動とさせていただきます」

含みのある羽々里さんの物言いに従い、芽衣《めい》さんがスッと私たちから離れていく。

『……？』

私含め疑問顔の皆だけど、羽々里さんの真意は程なく判明することとなる。


「さぁ、なんでもじゃんじゃん頼んじゃって！」

その日の夜、王都の食堂で羽々里さんは胸を張っていた。

「ありがたいけど、本当にお金は大丈夫なの……？」

くるくるとお腹を鳴らしながらも、胡桃《くるみ》さんは不安げな表情だ。

「！　無銭飲食で逮捕されて牢で暮らすのが衣食住の確保に最速」

「そんなRTAイヤなのだ」

「違う違う、ちゃんとお金を確保したのよ！」

羽々里さんは、何かがぎっしり詰まった革袋をテーブルに置いた。その拍子に、中身が溢《あふ》れ出したので見てみれば……この国で一番価値の低い銅貨ではあるけれど、確かにこれだけあるなら一晩の食事や宿には困らないと思う。

「この世界……少なくともこの王都では、香辛料の価値がとても高いようね」

驚いた。作中では語られてる情報だけれど、香辛料は生産地である帝国によって輸出量が制限されていて他の国では高級品扱いとなっている。それをすぐに見抜くなんて……。

「そこで、香辛料以上の刺激……芽衣に、マヨネーズを作って売ってもらったのよ！」

『異世界に行った主人公がとりあえずやるやつ《ド定番》！』

「たっぷり王都にマヨネーズを広めた後に、マヨネーズ料理専門店チェーンを立ち上げる計画も既に展開中よ！　軌道に乗れば、お金の心配なんて全くなくなるわ！」

「既に店舗候補となる建物のオーナー様との交渉も開始しております」

「こういう時は頼りになんな経営者……」

「いつもこの面だけを見せてくれれば……」

普段は羽々里さんにあまり良い顔をしない胡桃さんと羽香里さんも、感心の面持ち。

「ていうかそれ、いつまでこの世界にいるつもりで事業を計画してんのよ……」

「いつ帰れるのかわからない以上」

唐音さんの疑問に、羽々里さんは小さく微笑《ほほえ》んだ。頼もしくも優しい、『母親』の表情。

「この世界での皆の生活を保証するのが、大人である私の役割よ」

「羽々里がまともな大人みたいなこと言ってんのだ……」

楠莉先輩は少し不気味そうに言っているけれど、私は素直に頼もしく思う……けど。

「……？　好本静《よしもとしずか》、何か問題がある？」

「！」

凪乃《なの》さんに尋ねられて、私は咄嗟《とっさ》に首を横に振った。たぶん無意識に浮かない顔をしちゃってたんだと思う。なんだろう、この胸の奥に引っかかる漠然とした違和感は。致命的な失敗が控えているかのような、ひやりとした嫌な感覚は……。


それから、しばらく経って。

「マヨネーズ料理専門店『花園《はなぞの》』オープニング・セレモニー開幕！　お客様、本日は全てのメニューを無料でご提供致しますので存分にお楽しみくださいね！」

羽々里さんの言葉に、満員のお客さんがわっと沸く。気前の良い話だけど、「一度味を覚えさせてしまえばこっちのものよ」と羽々里さんはちょっと悪い顔《敵だった頃の顔》で言っていた。

「うぅ……美味しいですぅ……悔しい……でも食べちゃいますぅ……！」

お店の明るい雰囲気の中、泣きながらマヨネーズ料理を爆食いしている女の子の存在が目立っている。私たちと同じくらいの年齢だと思うけど、羽香里さんみたいにスタイルが良くて大人っぽい雰囲気……が、涙で台無しに。どこかで見たことあるなぁ……と私は眺めているだけだったけど、羽香里さんがちょっと困ったような表情で近づいていく。

「あの……差し出がましいようですけど、ヤケマヨは身体に悪いですよ？」

「うっ……確かに、胸焼けがバリクソに……」

「僭越《せんえつ》ながら、ホットミルクをお持ち致しました」

「うぅ、温かさが身に染みますぅ……ひっく……ひっく……」

芽衣さんがスッと差し出したホットミルクを飲みながら、女性はポロポロと涙を流す。

「何か、辛《つら》いことでもあったんですか？　話すことで楽になることもありますよ？」

「仕事がぁ……上手くいかなくてぇ……」

「なるほど、それは辛いですねぇ」

羽香里さんが聞き上手なのもあって、女性はどんどん具体的な愚痴をこぼしていく。

そして……比例して、私の嫌な予感も加速度的に膨らんでいった。

「それでぇ！　たっぷり密輸した香辛料を売りさばいてこの国での活動資金にしようと思ってたのに、全然売れなくてぇ！　なんなの、この国の奴ら！　香辛料がなければマヨネーズをかければいいじゃない、って！　しかもマヨネーズ馬鹿美味《うま》いしチクショー！　もう国に帰る！　マヨネーズお土産に買って帰るぅ！」

「……静さん」

ここに来て羽香里さんも何かを察したようで、私に向ける表情は硬かった。

「これ……お母様が、何かやっちゃってませんか……？」

私は、コクリと頷くしかなかった。天才的な頭脳で若くして四天王の一角にまで上り詰め、利害関係の一致から騎士カマクルたちを援助してくれるはずの帝国の智将……それが、ヤケマヨしていたこの人だ。その資金源が、恐らく絶たれた。私がそう説明すると。

「そんなことが……わかったわ、私のやらかしだし私が代わりに……！」

「いえお母様、ここは私が」

羽々里さんに先んじて、羽香里さんがスッと手を挙げる。

「羽香里……武装した騎士と対峙《たいじ》する危険なこの役割。ママの身を案じてくれる気持ちは嬉しいわ。でもだからこそ」

「いやそういうのじゃなくて、お母様だと年齢の設定が合わないですし」

「確かに、後で智将ちゃんの情報を耳にした時に矛盾が生じるかもしれないわね……」

「何より援助する資金を確実に用意出来るよう、お母様は経営に専念してください」

「娘にド正論で説得されてしまったわ……」

という感じで、羽香里さんの出番となったのだった。


【王冠恋物語《サークレットラブストーリー》　Ｅｐ．『奇跡』より抜粋】

「ごめんなさい……ごめんなさい……！」

大雨の音がやかましい中でも、姫の謝罪の声ははっきりと聞こえた。

「ここまで、来れば、大丈夫……です……この洞窟で……他の騎士たちと、落ち合う、手《て》筈《はず》……後は、助けを待つのみ……」

「嗚呼《ああ》……！　刺客の放つ矢から庇《かば》うべく、私などを抱きしめたために……!!」

矢は深々と私の肩に刺さり、熱と痛みで意識が朦朧《もうろう》としてきた。

「私は……私のせいで誰かが犠牲になるのが怖くて堪《たま》らないのです……！」

姫を安心させたいところだが、参った。満足に身体に力が入らない。

「すみません……水を汲んできます。せめてそれがあなたの癒やしに少しでも繋《つな》がれば」

暗い声と共に遠ざかっていく姫の足音を聞いていると、柔らかい何かが私の頬に押し当てられた。何事かと目をやれば、小さな子犬が私に身体を押し付けているではないか。

「申し訳ない……この洞窟は、そなたの、住処《すみか》だったか……？　だが、我々の身も、暫《しば》し置かせて、くれないだろうか……迎えが、来るまでで、良いのだ……」

相手の目を見て問うと、子犬はふいと顔を逸らしてその場に寝そべった。かわいくない態度だが、冷たい洞窟の内にあって生命の温かさが傍《そば》にあるのが今はありがたかった。

「我が騎士！」

「っ……！」

姫の叫び声を聞き、身体を跳《は》ね起こす。

だが、その拍子に酷い目眩《めまい》に襲われた。視界がぼやけ、音も聞こえにくい。

「……！　……！」

姫が何事かを叫びながら駆けてくる様は、辛うじて見えた。その後ろから、三つの影が迫っていることも。嗚呼なるほど……それは四十四番目の刺客であったか。私の馬鹿者め、目的地に着いたからと気を抜き姫のお傍を離れるなど愚劣の極み……！

「はぁぁぁぁぁぁぁぁぁぁぁぁぁぁぁぁぁ！」

文字通りに最後の力を振り絞り、額《ひたい》と額を打つ勢いで先頭の刺客へと斬りかかる。

「おわっ⁉　ここに来て同士討ちだなんて勘弁してよ⁉」

その声に、ハッとする。そうか、来てくれたか獣使い《ビーストマスター》に老騎士、我が従者よ……。

「そなた、なんじゃその酷い怪我は⁉」

老騎士の声を聞きながら、安堵して私はその場にくずおれた。

「生きにゃあならん！　そなたは生きにゃあならんぞ！」

「無論、死ぬつもりなど、ないさ……むしろ新たなる快感に目覚めてきたところだ……」

どうやら私にも、まだ軽口を叩く余裕があったらしい。

「だが、二人は真《まこと》の戦士故《ゆえ》……姫のことを……暫し、任せても、良いだろうか……」

ハッと息を呑《の》む気配は、誰のものだったか。

「……任せときなブラザー！」

おどけた調子ながら、獣使い《ビーストマスター》の声は頼もしく感じられる。老騎士が黙って頷く様も辛うじてわかった。我々は好敵手でありながら同じ正義を掲げる同志なのだ。彼らに任せれば姫の身も安心というものだ。さて、私は一眠りすることにしようか……。

「わ……我が騎士……！」

「は……」

最期《さいご》の呼気が漏れると同時、ぼやけていた視界が急に開けた。私の目の前で姫が跪き、悲しげに顔を歪めて大粒の涙を流している。嗚呼、それはなんと……。

「な……なんと清らかな涙……！！！」

その声の主は、いつの間にか姫の膝に乗っていた子犬のものに思えた。姫の涙をその身に受けた瞬間、身体を強く光らせ叫んだのだ。そしてその光は、私の身をも包んでいき。

「傷が……癒えていく……？　そなたは何者なのだ……？」

「我はこの地を管理する者なり」

「こりゃおったまげた……！　子犬の姿に見えるけど、土地を守る神獣様だったか！」

「古来からの書物では……通常の寿命よりもずっとずっと長い年月を生き、精霊となり、神性すら得た獣を神獣と呼ぶと書かれておるのじゃったか」

なんと、体つきはまるで子供のようにしか見えぬが長い時を生きた先達であったか。

「人間よ……我はそなたの涙を受けたことでその過酷な運命を垣間見《かいまみ》た。我が恐れるものとは、あまりに無力なそなたが混沌たる運命に翻弄されその清らかな心を失うこと」

そう言うや神獣は洞窟内を全て照らす程の光を放ち、その大海の如き輝きが全て姫の身へと注がれる。光が収まると、姫の右手の甲には不思議な文様が刻まれていた。

「人間よそれは、我の力の一部を譲渡した証なり。癒やしの力は、何かと役に立とう」

「は……はい……！　ありがたき幸せで」

姫のお言葉が、ズン！　という轟音に掻き消された。同時に、外から辛うじて届いてきていた光も絶たれ完全なる暗闇となる。が、火を付けると状況は察せられた。

「入り口が完全に塞がれてるな……！　押しても引いてもビクともしねぇや！」

「大雨で崖の上の岩が落ちてきたか……これを全て砕くというのも現実的ではないのう」

獣使《ビーストマスター》いと老騎士、共にその言葉は暗い。

「なんと深い業を背負っておられるのか……」

神獣は悲しむ調子で呟《つぶや》くが、これも姫の神に定められし宿命ゆえとでも言うのか。

「騎士様、奥に行くというのはどうでしょう！　どこかに繋がってるかも……」

「奥は行き止まりよ。雨宿りついでに少し昼寝のつもりだったけど、もう夜なの？」

無理矢理出したかのような明るい我が従者の声への返事は、まさしくその奥から。

火の光に照らされるのは、大槌を肩に担いだ少年……否《いな》、少女か。顔は覆面に隠れて判然としないが、細く小柄な身に見合わずその得物は無骨で巨大なものだ。今は一人の客もいないものと踏んで休んでいた洞窟だが、神獣の他にも先客がいたらしい。

「ごめんなさい、あなたも……私の運命に巻き込んでしまって……」

「はぁ？　何わけわかんないこと言ってるわけ？　……あぁ、出口が塞がれたのね」

少女も、この状況を理解したらしい。

「こんな程度で、過酷な運命ですって？　なんて超理論……!!　笑っちゃうわ」

「そなたはこの事態を打破出来ると？　そう言うことなら我々の運命、そなたに託そう」

「……いかにも非力そうな、彼に？　それとも彼女にか」

「彼女に決まってんだろうがっ！」

「覆面してるし鎧着てるしでわかりづらいですものね！」

我が従者の声を掻き消すかの如く、少女が大槌を岩に叩き下ろす。だが、その細腕ではやはり大岩はびくともしない……かと思えば、ぴしりぴしりと大岩が音を奏で始める。そして次の瞬間、轟音と共に粉々に崩れ去るものだから私もつい狼狽《ろうばい》を見せたものだ。

「なんと……！　すまない！　そなたの力を見縊《みくび》っていたようだ……！」

まさか彼女が、一時的に力を大幅に上昇させる加護を持つ狂戦士《バーサーカー》であろうとは。

「あら、もう晴れてるじゃないの」

我々が閉じ込められている間に、嵐も去っていったようだ。

「あんたたちも、いつまでも辛気《しんき》臭《くさ》いツラしてないで外に出たら？　じゃあね」

不敵な笑《え》みと共にそう言い残して、少女は颯爽《さっそう》と洞窟の外へと去っていった。一時は死をも覚悟したというのに、幾度もの助けを得て生き残るとはなんとも命冥加《いのちみょうが》なことだ。

【Side．S】


騎士カマクルたちの元から離れ、私たちの元に戻ってくる唐音さん。

「唐音さん、大岩を砕くとか異世界でも普通にやっていけるポテンシャルですね……」

「ホントはそうじゃないって、あんたは知ってるでしょ！」

なぜ、唐音さんが狂戦士《バーサーカー》の代わりをやることになったのか。話は、少し遡る――


今回も例によって、私たちは物語に変化が生じてないか見守るため先回りしていた。

それは、空を分厚い雲が覆い始める中で洞窟に向かっていた時のこと。

「ひゅーっ、可愛《かわい》いねぇ彼女たち。ボクと今から遊ばない？」

声に振り返ってみれば、覆面を被った小柄な少年……少女？　中性的な体付きの誰かが、ひらひらと手を振りながら近づいてくる。もう片方の手には、大槌。そうか、この人は……この後の洞窟のシーンで出てくる、狂戦士《バーサーカー》……！

「あの、私たち全員恋人がいますので……」

「そんなの関係ないよ。愛って、もっと自由じゃない？　さぁ、いざ行かん桃源郷《シャングリラ》！」

羽香里さんが引いてるのに、狂戦士《バーサーカー》は羽香里さんの肩を抱こうと手を伸ばし……。

「痴漢撃退にはこれが効率的」

「あいったぁっ!?」

その目に、凪乃さんの指が突き刺さる。

「羽香里に勝手に触《さわ》ろうとしたら、次はこうよ」

更に、唐音さんの風圧を伴う拳が顔面で寸止めされて。

「ひぇっ……ごっ、ごめんなさーい!」

狂戦士《バーサーカー》は一目散に逃げ出した。

トレードマークの大槌も置いてっちゃってる辺り、かなり慌ててるみたい。

「凪乃さん、唐音さん……! ありがとうございます!」

「か、勘違いしないでよね! あいつの顔がムカついただけなんだから!」

感動した様子の羽香里さんから、唐音さんはツンと顔を逸らす。

羽香里さんが助かってホッとすると同時に、私はとある事実に気付いて震えた。

「……好本静? ……もしかして今のは重要人物?」

ぷるぷる震える私を見て尋ねてくれた凪乃さんに頷いて返すと、その頬に汗が流れる。

「で、でも、今のは仕方なくない?」

そう言う唐音さんに、私はこくこくと頷いて返した。羽香里さんを助ける行動が、間違ってたはずはない。ただ、狂戦士《バーサーカー》はイオ姫にちょっかいをかけて揉めたりしつつも最終的には洞窟の出口を塞ぐ大岩を砕いてくれる重要な役割を果たす……という旨《むね》を説明すると。

「なら、私が代わりをやってやるわ！　ふんっ、こんなもん……楽勝よ！」

唐音さんが、大槌の柄を握り……ぐぐっと手に力を込め、見事肩に担いでみせた。

「でも、流石に大岩を砕くのは無理ですよね？　えっ、もしかして出来るんですか？」

「それは……出たとこ勝負で何とかするわよ！」

「不確定要素は排除すべき。タイミングを合わせて外から爆破するのが確実」

凪乃さんがそう提案すると、羽々里さんが物憂《ものう》げに溜め息を吐《つ》いた。

「花園商会の調査によると、この世界にはまだ火薬って文化が存在しないみたいなのよ」

「この世界にも火薬の材料が存在することは確認している。後は正しい知識さえあれば火薬の生成も爆弾の作成も知識に従って正しく行えばいいだけ」

『異世界に行《こ》っ《れ》た《ま》主《た》人公がよく言う《ド》や《定》つ《番》！』

「というわけであらかじめ用意しておいた爆弾がこれ」

「料理番組のスピード感で爆弾ご用意してんのだ……」

「材料については、『商売』の手を広げる傍《かたわ》ら各地で集めさせていただきました」

「商会とか商売とか、なんかあんたたちだけ別の物語始めてない……？」

といった次第なのだった。

ちなみに、狂戦士《バーサーカー》の覆面や鎧については羽々里さんが用意してくれていた。こんなこともあろうかと、主要キャラの衣装は作ってくれているらしい。流石だなぁって思うけど、

「皆のコスプレ見たいし！」って付け足しちゃうのが羽々里さんらしい。

「凪乃、ナイスタイミングだったわよ！」

「……ごめんなさい、院田《いんだ》唐音」

親指を立てる唐音さんに対して、なぜか凪乃さんは頬に汗を流しながら謝罪する。

「異世界の岩が想定より硬くて、地球の岩の硬度で計算して作ってた爆弾では砕き切れなかった。半分程度は院田唐音の腕力による成果」

「えっ……？」

凪乃さんの説明に、唐音さんはパチクリと目を瞬かせる。

「下手《へた》をすると院田唐音ごと閉じ込められたままになるところだった」

「なによ、そんなこと気にしてたの？　こうして無事なんだし、それで良いじゃない」

「それはただの結果論」

「それに……あんたなら、仮にそうなったとしてもすぐに計算を修正してもっと強力な爆弾を作ってくれたんじゃないの？」

「材料を使い切っているからすぐには対応不可能」

「それはまぁ、芽衣とかが何とかするんでしょ」

「その場合、ご用意するのに一日程いただくことになるかと……」

「芽衣だって、何でも出来るわけじゃないものね……」

「聞いてる限り、世界各地の材料を一日で集められる時点で凄い気がするけどな」

と、場の空気的には緩んでいるんだけど。

「私の見積もりの甘さが院田唐音を危険に晒《さら》した」

「ガチへコみしてんなー。楠莉もやべぇ失敗した時は流石にへコむからわかるのだ」

ギュッと手を握る凪乃さんの肩に、楠莉先輩が優しく手を置いた。

そんな凪乃さんを見て、唐音さんは小さく溜め息を吐く。

「こっちが全然気にしてないことでへコまれたり謝られたりしても迷惑なのよ！　大体、終わったことにいつまでもこだわるとか効率的じゃないんじゃないの！」

「！」

唐音さんの言葉に、凪乃さんはハッとした様子を見せる。

「私は平気なんだから早くいつものあんたに戻りなさいよ、ってことですね？」

「気持ち悪く訳すな！」

微笑む羽香里さんにツッコミながらも、唐音さんの頬は少し赤くなっていた。

「確かに変えられない過去を引きずるより次に活かす方が効率的」

唐音さんの言葉で、凪乃さんもいつもの調子に戻ったみたい。

「今回はこの世界への影響も考慮して秘密裏に最小限の規模の爆弾を作ったけど、次からは自重せずに強力な爆弾を用意する」

「別に爆弾作りに限った話はしてないんだけどね」

「それ、結果的にこの世界の文化基準《定番パターン》を著しく引き上げるやつなんじゃないの……?」

唐音さんと胡桃さんはツッコミを入れているけど、凪乃さんも前向きな雰囲気になれたみたいで何より。爆弾は……この後の展開で、使うところはないと思うけど。


【王冠恋物語《サークレットラブストーリー》　Ep.『桃源郷《シャングリラ》』より抜粋】

「へっ、やっこさん一筋縄じゃ通しちゃくれねぇみてぇだ。やるっきゃねぇな!!」

嵐の中、船の行く手を阻《はば》むバハムートの如き巨大な大海蛇《シーサーペント》を前に獣使《ビーストマスター》いの顔は険しい。

「……ちなみに猫型兵器、どうにか出来たりしない?」

「我は水中での戦闘に特化しておらぬ」

「お、オイラなんか食ってもおいしくないでやんすよぉ~!!」

「ビビってねぇでおめぇも矢を射ろバカ子分が!」

「我が騎士よ! あなたの身体を強化します! その力で、巨敵を討ち果たすのです!」

「仰《おお》せのままに、マイロード!」

「援護は任せときなブラザー!」

獣使《ビーストマスター》いが呼び寄せた海鳥が大海蛇《シーサーペント》の視界を塞ぐ中、神紋の力を借りた私は世界樹の如き高さまで跳躍。音速の域にも達せんとする一撃を叩きつけると、大海蛇《シーサーペント》の首が真っ二つとなった。沈み往《ゆ》くその身体を足場に跳躍し、どうにか船に戻ることにも成功する。

「見事です、我が騎士よ」

賞賛に値するジャイアントキリングと見ていただけたか、姫が拍手で迎えてくれた。

それとほぼ同時に、操舵室から老騎士が顔を出す。

「申し訳ないが舵《かじ》が利《き》かん！　皆、船から落ちぬようしがみついておれ！」

嵐が更に激しさを増し、我々は流されるがままに流されたのであった。

漂着したのは、どこかの島だった。座礁した船の修理が必要だが、材料はあるだろうか。否、島に食料となるものがあるかの確認が最優先か。そう考えたところで。

「食料を調達してきた、どれか好きなものを選ぶがよい」

老騎士が多くの果物を抱えて斥候《せっこう》より戻ったことで、ひとまず食料問題は杞憂《きゆう》となる。

「何という果実なのでしょう？」

「それは小生にも分かりませぬが……遭難時には、安定した食料の確保を画策するのが定石。沢山成《な》っておりましたし、その点では恵まれた環境と言えましょう」

姫と共に老騎士の手から果実を受け取り、私も一口齧《かじ》りついてみる。

「こ……これはなんと瑞々《みずみず》しさの溢るる果実……!!」

口の中に広がるは、これまでの人生で感じたこともない程の美味。その甘美なる誘惑に惹かれるまま、私は夢中でその果実を丸々一個平らげてしまった。

「まっ、しばらくここでゆっくりするのも悪くはねぇかもな」

「アニキ、オイラも賛成でやんす～！」

我々も慌ただしい旅を続けてきた。暫しここで身体を休めるのも良いのかもしれない。


「ふふっ、捕まえてごらんなさ～い！」

「ははっ、待ってください姫～！」

砂浜を駆ける姫を追いかける。無論、本気で走ってなどいない。漂着して数日。ここでの生活は何不自由なく、穏やかな時間を過ごしていた。ここは、そう……。

「ここが桃源郷《シャングリラ》でやんすかぁ～～～～～!?」

ふっ、子分の奴と同じことを考えていたとは。両手に果実を持った彼奴《あやつ》は、不思議な踊りを踊っている。なんとも愉快なことだ。

「食事中ぞ、静かに胃袋に入れんか」

そう注意する老騎士ではあるが、彼も木で組み上げた浴槽にて水に浸かりながら両手に果実を持って交互に齧りついている。警邏《けいら》の必要などあれば私はそれを手伝う所存であったが、この島に危険な獣などがいないことは既に判明していた。

「っ⁉」

「何かあったのですか……？」

少し先を走っていた姫が、慌てた様子で足を止めた。赤い顔で岩場の向こうを覗き込む姫に倣《なら》ってみれば、獣使い《ビーストマスター》と盗賊が何やら情熱的に見つめ合っており。

『⁉』

接吻を交わすものだから、私と姫は息を呑んだ。その気配で我々に気付いたのだろう、

「そんなとこで盗み見かよ、姫サマに騎士サマ」

「いや、あの、お二人が情熱的なので後から来た私がその邪魔をしてはいけないと……」

「ははっ。姫様ったら、茹《ゆ》で蛸《だこ》みたいになってら。姫様には刺激が強かったかい？」

姫は頬を朱《しゅ》に染めて動揺の気配を滲《にじ》ませる。だが動揺しているのは私も同じだ。

「お前たちが……よ……よもや接吻《せっぷん》を交わした仲であろうとは‼　接吻とは所謂《いわゆる》……その、恋人同士でするものであるが……」

「チッ……別に、今回が初めてってわけでもねーよ……むしろ、結構前から……」

「なるほど……既に口づけを……」

「お二人は以前からの恋人だったのですね……」

「あたしはこの通り性格も男勝りだから、やめときなって言ったんだけど」

「……お前は目鼻立ちの整った美少女だし、その上女性的で可愛い一面だってある」

「こんな風に口説かれ続けちゃ、落ちちまうってもんよ」

これが恋する乙女《おとめ》の顔か、獣使《ビーストマスター》いは朱に染まった己の頰を掻いている。既に短い付き合いではないとのことだが、倦怠期にはまだ程遠いだろう。

「我が騎士……私も、あなたと口づけを交わしたいと――」

姫のご尊顔が、視界の中で徐々に大きくなっていく。止めなければいけない。なぜだ？このまま身を委ねれば良いではないか。そうだ、なぜなら私も姫を……。

「……？　騎士様、あちらを！」

いつの間にかそこにいた我が従者が指す方に目を向ければ、少し先の崖の上からフードを目深《まぶか》に被った少女がこちらを見下ろしていた。

「皆、起きる時間だよ……モグモグ……夢の中ってわかってるからか、味がしない……」

喋る合間に、少女は例の果実を物凄い勢いで平らげていく。無数にあるかに思えた果実が見る見る減っていく様は、それこそ夢でも見ているようだ……夢？

「起きる……？　それは、我らの事であろうか!?」

確かに起きているという意識はある。だが、彼女の言葉に妙な焦燥感が湧き起こる。

「思い出して……モグモグ……えーと……あなたは一体何を探しにこちらへ？」

そう、そうだ。私は姫の騎士。恋人ではない。あるべき場所にお帰りいただくのが使命であり、ここを終《つい》の地にすることなどあってはならない。

元より、この島には船を修理する材料と一時的な宿泊地しか求めていなかったのだ。

「さぁ、起きて！　本当は皆もお腹すいてるでしょっ！　……モグモグ、ゴクン」

少女が最後の果実を飲み込み叫んだところで、私の意識は一度途切れた。

再び目を覚ました時、私の身体には植物の蔓《つる》がびっしり巻き付いていた。見れば、同じく目覚め始めている仲間たちも同じ姿となっていた。皆、少しやつれて見える。

「幻覚を見せられていたか……恐らく、最初に果実を食べた時から。この島は漂着者に楽園を見せ捕食する、人喰い島……つまり我々が今いるのは胃ではないか？　この島の」

老騎士の分析に、ゾウッと背筋が凍る思いだった。幻の世界に囚われたままならば、我らは島の養分と成り果てていたわけか……。


【Side．S】

ふぅ……良かった、今回も上手くいって……。

「ところでこれ、胡桃はどうやって起きるのよ……？」

「適当になんか食べ物を口に突っ込めば起きる気がするのだ」

「なら、ママのおっぱいとかどうかしら？」

「目覚めた瞬間に縁を切られる覚悟がおありならどうぞ」

「花園商会製のマヨネーズおかきはいかがでしょうか?」

「くんくん……ぱくっ……おいっしいいいいいぃ〜!!♥♥♥」

「最効率で目覚めた」

お布団で寝ていた胡桃さんも、無事目覚めた。そう、胡桃さんは島の見せる夢に乗り込んで皆を呼び起こす役割を担ってくれたのだ。

今回も、流れを振り返ろう。


私たちは、羽々里さんの用意してくれた船でこの島に乗り込んでいた。

「このイベントがあるって聞いてたから、花園商会で一つ船を買っておいたのよね」

「羽々里様のご辣腕《らつわん》により、今の花園商会ならば何十隻でも購入可能でございます」

「おいっしいいいいいぃ〜!!♥♥」

既に騎士カマクルたちは夢の世界に旅立っており、私たちはそれを見守っている。

「ガチの大商会になってんじゃないのよ……」

「才覚だけは確かな方なんです、才覚だけは……!」

「能力と人格は分けて考えるべき」

「世の中の経営者は、やべぇ奴の方が多いって聞くのだ」

「おいっしいいいいいいぃ〜!!♥♥♥」

本来なら……この島に辿り着いた隠者《ハーミット》が、やつれていく騎士カマクルたちを哀れに思って夢の世界に行き、全ての果物を腐らせてみせ目を覚まさせるという流れ。でも、私たちはこれまでかなり物語に介入してしまっている。万一誰も訪れないようなら、私が……。

「おいっしいいいいぃ〜!!♥♥♥」

……ところで胡桃さんは、さっきから何を？

「おいっしいいいいいぃ〜!!♥♥♥」

「っ!?」

胡桃さんがパクパクと食べているものを見て、私は驚きに目を見開いてしまった。

「……え？　食べちゃいけない果物って、こっちでしょ？」

私の様子に気付いた胡桃さんが、騎士カマクルたちの食べていた果実を指す。

確かに、胡桃さんが今食べているのは別種だけど……だからこそ、問題だった。

胡桃さんが食べているのは隠者《ハーミット》が口にするはずのもの。島にただ一つだけ実る、正気を保ったまま幻の世界へ旅立てる果実なんだから……という旨を、私は遅れて説明した。

「だ、大丈夫！　それならあたしが代わりに行けばいいだけの話だし！　タイミング見計らって、皆を起こしてくればいいんでしょっ？」

確かに、それなら辻褄は合わせられると思うけど……おかしいな。本編の描写から考えて、食べたらすぐに夢の世界へ旅立つって感じだったのに……。

「な、なんか全然眠くならないけど……無理矢理寝ればいいのかな……？」

「……ふむ」

焦り気味に寝転がる胡桃さんを見て、楠莉先輩が思案顔で顎《あご》に手を当てる。

「楠莉たちは楠莉の薬を普段から飲んで耐性が出来てるから、この手の効能は通じにくくなってるのだ。たぶんこのまま寝ても、夢の世界には入れないと思うのだ」

「いつの間に人の身体まで蝕《むしば》んでんのよ!?」

「そ、そんな……！」

叫ぶ唐音さんに対して、胡桃さんはショックを受けた様子だった。

「じゃあ、もう誰も夢の世界へ皆を助けに行けないってことに……！」

「ん？　別に、全然そんなことはないのだ」

私も懸命に対応策を考えていたけど、楠莉先輩は事もなげに言う。

「楠莉が、耐性なんてぶっ飛ばして夢の世界へトべる薬を作ってやるのだ！」

力強く微笑んで断言する様は、化学部部長の頼もしい姿だった。

ただ、助けてもらってる立場でこんなこと考えるのも申し訳ないんだけど……その薬は、大丈夫なやつなんだろうか……その、字面的に……。

「出来たのだ！」

私が改めて胡桃さんに物語の該当箇所を読み聞かせ終えた頃、そんな声が響く。

「『楠莉の薬の耐性をぶっ飛ばす薬』なのだ！」

『そっち!?』

楠莉先輩の言葉に、ツッコミ組の言葉が重なった。

「？　どっちだと思ってたのだ？」

「いえ、てっきり夢の中へ行く薬を開発されていたのかと……」

「残念ながら、そんな薬は今の楠莉には作れないのだ……」

「その場合、耐性なんてぶっ飛ばす薬を作って夢の世界へトバすという言い回しが適切」

「ま、まぁ、何にせよ、それがあれば助けに行けるんだよね……？」

凪乃さんが冷静に訂正する中、胡桃さんは楠莉先輩に確認する。

「耐性がなくなったら、果物の効能も普通に効くはずなのだ！」

これで本来の流れに戻せそうで、良かった……。

「じゃあ、いただきますぐぅ」

薬を口にしたまさにその瞬間、胡桃さんは眠りに落ちる。

「私たちの身体がどれだけ蝕まれてるのかよくわかるＢｅｆｏｒｅ／Ａｆｔｅｒね……」

「芽衣、胡桃ちゃんにお布団と枕を」

「かしこまりました、すぐにご用意致します」

芽衣さんが布団と枕を用意して胡桃さんを寝かせてくれたけど……なんか、寝顔が苦しそうに見えるのは気のせいなのかな……？　寝ながら、お腹がくるくる鳴ってるし……。

そして、胡桃さんが戻って現在。

「今回は、その……ごめん、皆。あたしのせいで、迷惑かけて。特に、楠莉……」

「迷惑だなんて、ちっとも思ってないのだ」

気まずげに頭を下げる胡桃さんに、楠莉先輩はニコッと笑う。

「可愛い後輩を助けられるのなんて、嬉しいとしか思わないのだ！」

「……ありがとう、楠莉。おかげで、皆を助けられた」

それから胡桃さんは、楠莉先輩へと少し恥ずかしそうにもう一度頭を下げた。

「あっ、でも、気軽に実験出来て楽しかったって気持ちもちょっとはあったのだ！」

「その本音は出来れば最後まで胸に秘めててほしかったよ」

楠莉先輩の言葉に、胡桃さんはジト目を向けるのだった。

ちなみに後に聞いたところ、恋太郎君は夢の世界でも自力で正気を保っていたらしい。

「皆がいる現実のこと忘れるわけないだろ！」って、恋太郎君らしいなぁ……。

【王冠恋物語《サークレットラブストーリー》　Ep.『旅の果てに』より抜粋】

我々が旅の果てに懐かしの王都へと舞い戻ったのは、疫病が蔓延《まんえん》しているとの噂を耳にしたためだ。果たしてそこには、そこかしこに座り込んだり寝転んだりしている民の姿があった。酷い者など、尿まで垂れ流している有様だ。

「嘘《うそ》……でしょ……!? あなた……!! あなたああああああああ!!!」

「けっ人生なんて所詮こんなもんよ…………いや、嘘だ……おらまだ死にたくねぇ……」

道に寝転ぶ者の一人、今まさに命尽きんとしている男の手を握り落涙する女性。

「神獣様、どうか力を貸してください……!」

駆け寄った姫が右手を男へと翳《かざ》すと、その甲に刻まれた神紋が強く輝き男の身体を包んでいく。姫の御力も、旅での数々の困難で磨かれてきた。だが疫病まで治せるのか否か。

「おた――――お助けあれ! どうかこの人を! 私の夫を……!」

「わっ……私……私は……! この方を治したいです……!」

苦しげに顔を歪める姫の叫びに応じるが如く、光は更にその輝きを増していく。

「この方を、治したいですっ!!」

強い願いが、奇跡を起こしたのだろうか。男の顔色が、見る見る良くなってきた。

「身体が楽に……? 病が治ってるのか!? 中央の治療院にも見放されたってのに!」

果たして、驚愕の表情で男は手を開閉させたり飛んだり跳ねたりしている。

「中央の治療院、其方《そちら》では……あなたのような方が沢山運び込まれているのですか?」

「あ、あぁ。重篤患者しか入院出来ねーが、それすら溢れてこのザマだったんだが……」

「わかりました、ありがとうございます」

情報を得た姫は、未《いま》だ狐につままれたような表情の男に一礼して早足で歩き始めた。


治療院での治療を始めて、今日で三日が経過していた。

「姫、そろそろ休まれては？　治療の出来る、他の者をお呼びしますゆえ」

ここまで朝から晩まで休むことなく治療を続ける姫を心配するも、姫は首を横に振る。

「ならば倒れないよう、あなたが支えていてください」

「……御意《ぎょい》」

姫の硬い意志を感じ取り、私は文字通りに姫の背に両手をそっと当てる。

「ふふっ……そうしてくれているだけで、無限に力が湧いてくるようです」

「なんと、もったいなきお言葉……！」

「私はこんな人間ですので、以前は何の役にも立たないお飾りの姫でした。ですが今、ようやくこうして国民の皆様のお役に立てている」

この旅で、姫との距離は随分と縮まったように思う。だが私たち二人、互いに口にせずとも承知していた。この国に帰ってきた以上、今の関係は続けられないのだと。

「でも、王宮に囚われたままでは何も成せませんでした。この旅があったから、様々な困難を乗り越えた今の私だからこそで……ここまでどんな困難だって、あなたが隣にいてくれたからこんな私でも心細くならず立ち向かえた。本当にありがとうございます」

「……ありがたきしあわせ、感謝するのは私の方です。貴女《あなた》の騎士となって良かった」

「次は、あなたの話を聞かせてください。私――――」

乱暴に部屋の扉が開かれたのは、姫が何かをおっしゃりかけた直後だった。

「姫様、あなたの罪は消えてはおりません。我々にご同行願います」

治療院に入ってきたのは、騎士団の者たちだ。この件については国に入る前に当然調査済み。それでも民を想って戻ることを選ばれた姫に、動揺の気配などあろうはずもない。

「今は治療が最優先です。全ての患者が健康となった時、私は自ら出頭致しましょう」

姫が静かに、しかし確かな圧力を持った声でそう言うと、彼らはたじろいだ様子を見せた。かつて城にいた頃の気弱な姫の印象と全く異なるためであろう。そして何よりもその凛《りん》とした立ち振る舞いは、姫に何も後ろ暗いことのない証左である。

「我が姫は逃げも隠れもしない。今はお引き取り願おう」

言いながら、私は姫と騎士との間に身体を割り込ませる。

「そう言う事なら――――承知致した」

意外にも、騎士はあっさりと引き下がった。そして、姫に対して深く頭を下げる。

「某《それがし》も、重篤状態の母を姫に救われました。既に諦めかけていた某と母にとって、この奇跡の治療院の、この中の世界だけが心の支えでした……心よりの感謝を」

やはり、姫の愛に溢るる行動は確かに人々の心に届いているのだ。

瞬《またた》く間に二月程が過ぎ去り、ついに全ての疫病患者の治療が完了した。薬物を支配せし者《ドラッグルーラー》殿が治療薬と抗体を作る薬も完成させ、此度《こたび》の疫病は収束を迎えたと言えるだろう。

「姫様……！　あなたは聖女……！　この国を救った聖女だ……！」

「私などには、もったいないお言葉です」

感涙に咽《むせ》び泣いているのは、この治療院の院長や職員の皆々である。外からは、この日を祝う女神降臨祭会場からの元気な声も聞こえてきていた。姫の力が取り戻した声だ。

「申し訳ございません……少し目眩が……」

気が抜けたのだろう。ふらりと倒れた姫の身体を優しく受け止めた、その時だった。

「ご苦労だったな、我が妹よ。役立たずのお前が今や聖女と崇《あが》められ、誇らしいか？」

開け放しだった扉から現れたのは、我が国の第二王子と騎士団である。

「だが……確かに何らかの方法で治療したのは事実。不治の病を如何《いか》にして治療した？」

「旅の道中で出会った神獣様より、癒やしの力を賜《たまわ》りました」

「はっ、神獣ときたか。虚勢も過ぎれば貴様に恥をかかせる結果になるぞ？」

王子は、いかにも小馬鹿にしたように笑う。

「そんな与太より斯様《かよう》な話の方が納得出来よう。己だけが治療法を知る疫病の種を手に入れたお前は、王都にばらまき自らそれを治療した。国民人気を得て、恩赦を掠《かす》め取らんと」

言いがかりも甚《はなは》だしいが、上が白だと言えば鴉《からす》も白く染まるこの国だ。流れがまずい。

「我が妹の善行は偽りであった……!! 皆の者、此奴《こやつ》をひっ捕らえよ！」

騎士団の皆を斬り伏せてでも脱出を図るべきかと、剣の柄を握ったその時だった。

「やめたまえ!! 連行されるのはあなただ、王子よ!!」

よく通る声は、王都に着いて早々姿を眩《くら》ませていた老騎士のものだ。

「は？ 何を馬鹿な事を。この不敬者もひっ捕らえよ！」

「では、これを見ての感想はいかがかな？」

「なんだ、その紙……は……っ!? 馬鹿な、なぜそれが表に……」

王子は、思わずといった調子でそう漏らす。

「あなたが帝国の貴族と内通し、国家転覆を目論《もくろ》むお手紙ですな。何度も何度も読み返しましたがゆえ、間違いございませんぞ。父君と兄君を討ち自ら王となるのが我が永遠の野望だと、そのために妹を利用するのだと。随分と筆が乗られていたご様子だ」

「違う、俺じゃない！ 捏造《ねつぞう》……！ 実は――――妹が俺を陥れようとしているのだ！」

「そんな事は――――取調官に供述いただけますかな。皆、王子を城までお連れしろ」

『はっ！』

「触るな、俺はこの国の王子だぞ！　お前ら後で覚悟……これは何かの間違い、まさか俺はこれで終わり⁉　馬鹿な⁉　馬鹿な⁉　あぁぁぁぁぁぁぁぁぁぁぁぁぁぁぁ⁉」

「もはや言葉まで失われたか……」

　遠ざかっていく王子の声に、老騎士がそう呟いた。

「驚きました……狡猾《こうかつ》なお兄様のことです。正直に言わせていただきますと、証拠になるようなものなど表に出ることはないと……」

「遺憾《いかん》ながら、我が国だけで捜査していてはそうだったでしょう。彼らのおかげです」

　騎士団と入れ替わりで入ってきたのは、獣使い《ビーストマスター》。国に入る前に別れた、隣国の騎士だ。

「よ、久しぶり。とある筋から聞いた帝国の貴族を当たったら、大当たりってわけよ」

「警備も隠す仕掛けもヌルくて、笑っちまったぜ」

「無限回廊の罠に比べればあの程度、朝飯前でやんす～！」

　更に続くのは、盗賊たち。我が国に戻ることが決まった後に気が付けば消えていたが、お尋ね者ゆえだと思っていた。まさか獣使い《ビーストマスター》と結託し、帝国で暗躍してくれていたとは。

「皆さん……本当にありがとうございます」

　姫が、深々と頭を下げた。ぽたりぽたり、落ちる雫《しずく》で治療院の床が濡れていく。

「こんな私のことを忌《い》み嫌《きら》わずにいてくださって……こんなにも、ご尽力までしてくださって。辛いこともあったけど、共に旅をしたあの日々は……」

これで姫の嫌疑も晴れることだろうが、それはつまりこの旅の終わりを意味するのだ。

「まさに、私にとって……夢にまで見しシャングリラ……!!」

結局は長い旅を共にした仲だ。嗚咽《おえつ》混じりに語る姫に、皆も涙ぐんでいた。

「元気をお出しよ、姫さん。別にこれが今生《こんじょう》の別れってわけじゃないだろ？」

盗賊が姫の肩にそっと手を当て、珍しく優しい声で慰める。

だが己でも似合わぬことをしたと思ったのか、直後に顔を背けた。

「とはいえ俺はこの国じゃお尋ね者だ。すぐに国を出るけどな」

「もちろんあたしも付き合うよ？　いざ行かん愛の逃避行へ、ってね」

「お、オイラもいるんでやんすよ～!?」

「ほぅ、二人の男に囲まれての旅か。これは駆け引きが必要っちゅうことじゃな？」

「恋人さんが好きです。でも、他の殿方にも目移りしちゃうのっ！　ってか？」

「お、俺と結婚してくれって言ったら、頷いてくれただろ!?」

旅の中で見慣れたはずなのに。あるいは、だからこそか。

なぜかこんな光景が妙におかしくて、誰からともなく吹き出した我々は。

『はははははははははっ！』

皆で、高らかに笑った。

【Ｓｉｄｅ：Ｓ】

良かった、ここまで辿り着けて……。

智将が帝国内部から調査して王子と通じている貴族を特定し、密偵を潜ませて獣使い《ビーストマスター》と盗賊たちを手引きするというのが本来の流れ。私は内通者の情報は覚えてるけど、私たちに貴族との繋がりなんてあるわけがない……と、思ってたんだけど。

「花園商会帝国支店では、今や貴族との取り引きもゴリゴリにあるのよね」

と羽々里さんが言って。

「羽々里様にご紹介いただき私めがメイドとして潜入し、密かに手引き致します」

ということになったのだった。

「これ、逆に羽々里がこの世界からいなくなる方がヤバい感じになってない……？」

「ふふっ、実作業なんてとっくに全部引き継いでるし何も問題ないわよ」

「ウチのお母様が本当に経営者としては優秀過ぎる……」

涼しい顔で言う羽々里さんに、羽香里さんはちょっと渋い表情だった。

「というか、潜入ってそんな簡単に出来るもんなの……？」

「芽衣は、スパイとして育てられたのだ？」

「僭越ながら、私めは羽々里様の如何なるご命令でも実行出来るよう自ら様々な技術を身に着けて参りました。今回は、その『幾つか』が役に立った次第でございます」

「もう、芽衣ったら。私がどんな物騒な命令をすると思ってるのかしら」

「愛城恋太郎《あいじょうれんたろう》をあなたと永遠に会えない場所に連れて行くしかなくなってしまうのよ？

とか言ってた人が言うと説得力がありますね」

「その頃の人格は既に失われている可能性が高い」

いずれにせよ、私たちの間にはホッとした空気が流れていた。

「皆、お疲れ様！」

とそこへ、恋太郎君が合流する。

物語の通りなら、ここから先に従者の少年の出番はない。

「静ちゃん、後はあのシーンだけだね！」

恋太郎君に、こくりと頷いて返す。

だけど、私の心臓はドキドキ高鳴っていた。結局、幾つもの場面に介入しまった。

本当に……本当に、『あのシーン』に到れるんだろうか？

【王冠恋物語《サークレットラブストーリー》　Ep．『運命』より抜粋】
嫌疑も無事に晴れ、姫は王宮に戻られた。同時に私は、陛下より騎士団長への就任を命じられた。栄転という名目ではあるが、長く旅を共にした私と姫の間に『何か』を勘ぐってのものなのかもしれない。今日は、私が姫の騎士でいられる最後の日だった。

「第三王子の求婚を、正式に受け入れることとなりました」

姫の物言いからして、隣国の王子との婚約もまた陛下が命じられたものであろう。

「婚姻まで純潔を守るべしと、改めてあんなに念押ししなくとも何もないのに」

果たして、この言葉からも我らの間を疑う陛下の御心が見て取れた。

「姫は……それで、よろしいのですか？」

私の問いに、姫は首を横に振る。やはり姫とて、その本心では望まぬ婚姻なのだ。

「ただ抗《あらが》えぬ運命である事だけは理解した、ということです。求婚を断れば、隣国との関係も悪化しかねません。国民の安寧を守るのが王族の役割です」

諦観に呑まれたその表情は、かつてこの王宮に縛られていた頃とそっくりだ。

「……これが殿上人《てんじょうびと》の景色か」

つい、呟きが漏れた。国という大きな枠組みのために生きる方々の視点。己の事しか考えぬ私と国のためを思う姫の落差が浮き彫りになる。だが……！　だが、それでも……！

「でも……それでも」

姫も、内から溢れる激情のようなものを抱えておられるように感じられた。

「そうだとしてもっ」

抑えることの出来なくなった感情を表すかのように、姫の双眸《そうぼう》から涙が溢れ出す。

「好きです」

絞り出すように、姫は涙と共に言葉を零《こぼ》した。

「……ごめんなさい」

震える声で、姫はそう続ける。

「気になさらないでください」

私の言葉を塞ぐかのように、間断なく喋る姫。

「返事が欲しいわけではないのです」

言葉の上でも、念を押すように。

「あなたに許嫁《いいなずけ》がいることは知っています」

私の許嫁も、騎士団長の地位と共に陛下から与えられたものだ。

だが、当然ながら顔もまだ見ぬ許嫁への気持ちなど少しもなかった。

「ただ最後にどうしても伝えたくて……！」

姫は顔を俯《うつむ》け、ぽろぽろと涙を落とし続ける。

「私もあなたを愛しています」

気付けば、私は姫の両の腕に手を当てそう口にしていた。

姫は、弾かれるように顔を上げ私の顔をまじまじと見つめる。

「ですが私達は」

けれど、またも悲しげに顔を伏せられた。

「愛し合ってはならない定め――――」

「そんな運命などは《の》ね除けてしまえばいい！」

許嫁がいようと、誰かが私たちを引き離すべく画策しようと、関係ない。

全ての柵《しがらみ》を、はね除けてみせよう。それこそが、我が〝神に定められし宿命〟!!

「共に行こう……」

未知なる世界への扉を開き、その向こう側へと！

「イオ！」

だからあなたもと、再び差し伸べた手を姫は――


【Side．S】


「うっ、ぐす……」

「良かったなぁ……良かったなぁ、二人共……！」

手を取ってくれたイオ姫の身体を抱きしめる騎士カマクル。そんな二人の姿に、私と恋太郎君は静かに啜《すす》り泣いていた。本当に、良かった……ここまで辿り着けて……そして、実際にこのシーンを見れて！　振り向けば、他の皆も涙ぐんでいた。皆と同じ気持ちになれたのが嬉しくて、泣きながら笑みを浮かべていると……私の意識は、ふっと途切れた。

「……んぅ」

ゆっくり、意識が浮上していく。

心地良い微睡《まどろ》みから目覚めて、瞼を開けるとそこは……いつもの屋上だった。

「ふわ……俺、いつの間に寝ちゃったんだろ……」

「羽々里様のご命令もないのに眠ってしまい、申し訳ございませんでした」

「私にご命令されなくても睡眠は取りなさいね!?」

「全員が昏睡《こんすい》していたことから、何かしらの有害物質を摂取した可能性が高い」

「覚えてないけど、楠莉の薬が関与している気はするのだ……」

「じゃあ凪乃先輩の見解で合ってるよ」

「寝てる間に手を繋いでくるなんて、可愛いじゃないですか唐音さんっ」

「はぁっ!? どうせあんたの方から繋いできたんでしょ!?」

私に続いて、皆も次々と身体を起こしていく。でも本当に、いつの間に寝ちゃってたんだろ……? それに、不思議な夢だったなぁ……。

「俺さ、なんか不思議な夢を見たんだよね」

「！」

私が考えてたのと同じことを恋太郎君が言って、少し驚いた。

「俺と静ちゃんの好きな小説に、『王冠恋物語《サークレットラブストーリー》』っていうのがあるだろ？ その世界に皆で行くんだけど、色々あって俺たちが登場人物の代わりを務めたりしてたんだ……大変だったけど、楽しかったなぁ」

「!!」

そして、恋太郎君も全く同じ夢を見ていたことに更に驚く。

「ちょ、ちょっと待ってください？　それ、実は私もです……！」

「私もよ……その小説、読んだことないのに……」

「私めも、夢の中で羽々里様にお仕えしておりました」

「その情報だけじゃ、いつも通りなのか違うのか判別付かないわね……」

皆まで同じ夢を見ていたなんて……！　これってまさか……！

「……『夢を共有する薬』か『異世界転移する薬』、どっちだったのだ？」

「前者の方がまだ現実的」

「前者も大概だけどな」

ただの夢かもしれない。そう、そっちの方が現実的。

だけど、たとえ夢だったとしても……皆との冒険の思い出は、私にとってかけがえのない、そう……夢にまで見しシャングリラ……!!　と、なったのだった。

……ん？　あれ？　今、恋太郎君の髪を留めている髪飾りって……四葉のクローバーをあしらった、従者の少年の——

間話　羽々里、芽衣に有給休暇を出す

「芽衣《めい》、あなたに暇を出すわ」

「！」

羽々里《ははり》の言葉に、芽衣は普段硬く閉ざされている瞼《まぶた》を開き虹色の瞳を覗かせた。

ほんの少し揺れるそこには、如何《いか》なる感情が秘められているのか。

再び瞼を閉じた芽衣は、羽々里に向けて深々と頭を下げる。

「羽々里様、今まで本当にありがとうございました。羽々里様のご健勝とご多幸を、心よりお祈り申し上げます」

「……うん？」

覚悟が決まった感じの芽衣のリアクションに、羽々里は首を捻った。

それから、「あっ！」と何かに気付いた表情となる。

「違う違う！　解雇通知じゃなくて！　有給休暇を取りなさいって話！」

「かしこまりました」

慌てて訂正すると、芽衣もホッとした様子でまた瞼を閉じた。

「あなた、また真夜中に掃除してたんですって？」

「私《わたくし》めの二十四時間は、全て羽々里様のために存在しておりますので」

「だとしたら、必要な時に最適に動けるよう身体のメンテナンスにも時間を使いなさい」

「／」

羽々里の言葉に、「確かに」といった表情で芽衣の瞳がまた現れる。

「とりあえず今日一日お休みをあげるから、好きに過ごしなさいね」

「かしこまりました」

と、羽々里に対して一礼して了承した芽衣であるが……数分後。

「……これは？」

スッと紅茶を差し出された羽々里が、眉根を寄せて頭に手を当てる。

「ヒマラヤ山麓産のダージリンでございます」

「紅茶の詳細を聞いたわけじゃなくて」

何の疑問もないとばかりに説明する芽衣に、羽々里はふぅと溜め息を吐《つ》いた。

「今日は有給休暇なのに、なんで仕事してるのよ？」

「……？　……はっ!?　私めは今、仕事を……!?」

芽衣は一瞬何を言われているのかわからないとばかりに首を捻った後、本日三度目の開眼と共に驚愕の様子を見せた。どうやら仕事という意識がなかったらしい。

「ご命令を遂行出来ず、申し訳ございません……！」

「命令じゃないからいいんだけど……好きに過ごしなさい、って言ったでしょ？」

「いえ……ですが」

芽衣は、どこか言いにくそうに言い淀んだ後。

「羽々里様に紅茶を淹《い》れさせていただきたいと私めが思ったため、実行致しました」

「その気持ちは嬉しいんだけど……そうね、今日必達のタスクはもう終わってるし」

芽衣らしい言葉に、羽々里はスケジュール帳を取り出し確認。

「私と一緒に、豪華客船クルージングでのんびり休むわよ！」

というわけで、当日の便を即座に押さえ。数時間後……船上には、二人並んでビーチチェアに寝そべる羽々里と芽衣の姿があった。二人共、水着に着替えている。

「こうして何もせず、ゆっくりする時間も良いものでしょ？」

「……はい」

羽々里に肯定を返す芽衣だが、そわそわした様子は隠れていない。

「……やりたいことをやるのが一番、か」

そんな芽衣に、羽々里は再び小さく溜め息を吐いた。

「いいわ、あなたの本当にやりたいことをやりなさい」

「！　かしこまりました！　羽々里様、トロピカルジュースでございます。肩がお凝りに見えますため、マッサージは如何《いかが》でしょうか？　こちらの汚れ、拭かせていただきます」

たちまち活き活きと羽々里のお世話をし始める芽衣に、羽々里は微苦笑を浮かべる。

けれど、なんだかんだそんな芽衣の姿を見るのが好きな自分がいるのも否定は出来ない羽々里である……が、しかし譲れない一線はあり。

「ただし！　睡眠は絶対に取ること！　本当に命に関わるんだから！」

「かしこまりました。一日一時間の」

「八時間！」

「かしこまりました。一日八時間の睡眠を取るように致します」

この日以来、花園《はなぞの》家の使用人たちの間でちょっと話題になっていた『ワーカホリック過ぎて化けて出たメイド』の噂は急速に廃《すた》れていくのであった。

第五話

どこかでお会いしたことありましたっけ？

「恋太郎《れんたろう》君、遅いですね？」

いつも通り屋上で過ごしていた中、ふと羽香里《はかり》がそう口にする。彼女たちはとっくに揃い踏みだが、恋太郎の姿だけがない。一年四組メンバーは一緒に屋上に向かうことが多いのだが、今日は恋太郎が「トイレに行くから」と教室の前で別れていた。

「電話してみる？」

そう言いながら、唐音《からね》は既にスマホを取り出し恋太郎の番号へと掛けている。

「……出ないわね」

だがいつまで経ってもコール音が鳴るだけで、唐音は眉根を寄せながら電話を切った。

「それじゃ、直接探しに行くのだーっ！」

「恋太郎様のスマートフォンの位置情報は、一年四組様の座標を指し示しております」

「なんでナチュラルに恋太郎先輩のスマホの位置情報を探れるんだよ」

「ちゃんと合意の上で入れてもらったアプリだから安心してね！」

「恋太郎君のことですし、また先生のお手伝いをしてるのかもしれませんね」

「『ならば私たちも、助成に向かおう！』」

「多人数でやった方が効率的」

そんな風に、一同ガヤガヤと屋上を後にする。

そして、一年四組の教室に向かったのだが……。

「恋太郎君……？」

「あんた、何やってんのよ？」

恋太郎は、自席で何をするでもなくボーッとしているだけだった。羽香里と唐音に尋ねられて目を向けた際になぜか少し驚いた表情を浮かべた後、微苦笑を浮かべる。

「……わからない」

そう言いながら、恋太郎はゆっくり首を横に振った。

「絶対にやらなければいけない何かがあったはずなのに、どうしても思い出せないんだ」

『……？』

やや抽象的な言葉を受けて、彼女一同首を捻る。

「『何かの頼まれ事であろうか？』」

「オムツ履き忘れてるのだ？」

「それは履いてる方が忘れてるんだよ人としての何かを」

「当て推量で考えるのは非効率的。関連項目を探すべき」

「そうねぇ。恋太郎ちゃん、何かヒントになるようなことでも思い出せないかしら？」

「一言一句漏らさずメモさせていただきます」

と、彼女一同の視線が恋太郎に集まったところで。

「あの、その前に……ごめん、一つ聞いていい？」

頬《ほお》に汗を流しながら、恋太郎が恐縮した様子で手を挙げる。

「皆さん、どこかでお会いしたことありましたっけ？」

『え……？』

少しぎこちない笑《え》みから発せられた恋太郎の言葉に、その場の空気が固まった。

「や、皆みたいな人に会ってたら絶対覚えてるからそんなことないってわかってるんだけど、なんか俺のこと知ってる感じだから……なんでかな、って思って」

彼女たちの反応をどう取ったか、恋太郎はやや早口でそう続ける。

「何言ってんのよあんた、冗だ……っ！」

恋太郎がこんな冗談を言うわけないことはわかり切っているからか、唐音は言葉を途中で飲み込みグッと唇を嚙《か》んで顔を俯《うつむ》けた。

「そんな……!?　恋太郎君、記憶喪失……ってことですか!?」

だとすれば可能性はそれくらいしかないと、羽香里が青い顔でワナワナと震える。

「俺が……記憶喪失……!?」

「なんで本人が一番ピンと来てないんだよ……」

ダラダラ汗を流して、そんな可能性考えたこともなかったとでもいうような表情で焦りを見せる恋太郎。ツッコミを入れる胡桃《くるみ》だが、流石《さすが》に彼女も少し顔色が悪い。

ここまでどこかぼんやりとした様子だった恋太郎は、ふと我に返った様子を見せて。

「うわぁ!? そういえば確かに、さっき中学を卒業したばっかりなのにいつの間にか高校の制服を着て高校の教室にいるッ!?」

彼の中では、そういう認識らしい。

「でも、記憶喪失になるような心当たりなんて……」

果たして、まさにその記憶を失っている恋太郎にも覚えなどあるはずもなく……。

「気が付くと俺はなぜかこの席で眠ってて、なぜか足元にこの隕石が転がってて、俺の側頭部にはなぜかコブが出来てるってことくらいしかないんだけど……」

『微動だにせぬ物的証拠！』

覚えなど、あったようである。

恋太郎がポケットから取り出した拳大の隕石らしき物体を、全員が一斉に指差した。

「そうか、確かに……！」

恋太郎の頭も働き始めてきたのか、彼自身もようやく納得出来た様子だ。

「ごめん！ 皆のこと、忘れちゃったみたいで！」

そして、彼女たちに向けて深く頭を下げた。

「恋太郎ちゃんのせいじゃないんだもの、仕方ないわよ。痛かったわねー、よちよち」

その頭を、微笑《ほほえ》みを浮かべた羽々里《ははり》が優しく撫《な》でる。

「でも驚いたな。俺に、こんな可愛《かわい》くて綺麗な知り合いが沢山出来てるだなんて……」

「……わよ」

改めて一同を見回す恋太郎に、先程から俯いている唐音がポツリと漏らした。

「え……？　ごめん、今なんて……？」

申し訳なさそうな表情で聞き返す恋太郎を、唐音は顔を上げてキッと睨み付ける。

「知り合いなんかじゃないわよっ！」

そして、目の端に涙を浮かべながらそう叫んだ。

「えっ……？　じゃあ、一方的に俺のことを知ってるって……」

こと？　と続いたのであろう、恋太郎の声は。

「私は、あんたの彼女だって言ってんの！」

自らの胸に手を当て、再び叫んだ唐音の声によって掻《か》き消《け》された。

「かのじょ……？」

恋太郎は、言葉の意味が理解出来なかったかのようにそのままオウム返し。

「彼女!?」

一瞬の後、この上なく目を見開いて驚いた様子を見せる。

「そ、そっか……君みたいな素敵な人とお付き合い出来てるだなんて……」

唐音に視線を向けながら、ちょっと赤くなった頬を掻く恋太郎だったが。

「私も恋太郎君の彼女です！」

「私も恋太郎君の彼女です!?!?」

続いた羽香里の言葉に、瞼《まぶた》おっぴろげ記録を更新した。

「『私も貴方と』『愛し合った仲なのです』」

「私も貴方《あなた》と愛し合った仲なのです!?!?!?」

「私も愛城《あいじょう》恋太郎と交際している」

「私も愛城恋太郎と交際している!?!?!?」

「楠莉《くすり》も恋太郎と付き合ってるのだ！」

「クスリも恋太郎と付き合ってるのだ!?!?!?!?!?」

「私も恋太郎ちゃんの恋人よ！」

「私も恋太郎ちゃんの恋人よ!?!?!?!?」

「私も、恋太郎先輩の……彼女、だよ」

「私も、恋太郎先輩の……彼女、だよ!?!?!?!?!?」

「私《わたくし》めも恋太郎様とお付き合いさせていただいております」

「私めも恋太郎様とお付き合いさせていただいております!?!?!?!?!?!?」

その後も六連続で記録を更新し、恋太郎の目は今やえらいことになっていた。

そして、その開き切った目のままで数秒固まった後。

「……人狼的な？」

「そういったゲームではない」

元に戻った目で恐る恐る推論を述べて、即座に凪乃《なの》に否定された。

「ふふっ、なんてね」

それから恋太郎はふと表情を和らげ、肩をすくめる。

「流石に俺だって、途中から冗談だって気付いてたよ」

「私だって最初は何の冗談かと思ったけど、これが冗談じゃないのよね……！」

「だってそれじゃ、俺が八股でもしてなきゃ説明がつかないじゃないか」

「たった今、説明がつきました……！」

唐音と羽香里に言われても、恋太郎に信じた様子はなかった。

「八股かー。そこまでいくと、漫画の設定とかだったら面白いかもね」

「『それも誤りではないぞ』」

「芽衣《めい》」

「かしこまりました」

羽々里が名前を呼んだだけで全てを察した芽衣が、シュパッと素早く教室のプロジェクタをセットする。そして、投影が開始され……。

「先日の恋太郎様ロボ内の映像でございます」

「ちゃっかり盗撮してんじゃねーか」

コックピット内の映像が流れてきて、胡桃が羽々里へとジト目を向けた。

「まず、俺たちはなんで巨大ロボのコックピット風の場所にいるんだ……!?」

「巨大ロボのコックピットにいたからなのだ！」

恋太郎の混乱を楠莉の説明が更に加速させる中……場面は、キスシーンに移る。

彼女たちと濃厚なキスを繰り返す己の姿を、マジマジと見終えて。

「……マジで?」

戦々恐々の表情で振り返った恋太郎に、彼女たちが一斉に頷《うなず》いた。

八人それぞれの瞳に共通して宿るのは、嘘《うそ》偽りない真実の光であった。

「そっかぁ……一〇〇回もフラれてきた俺が、八股かぁ……神様か何かの力でも働かない限り起こり得ないと思うんだけど、そんなこともあるんだね」

ふるふると首を横に振る恋太郎は、どこか吹っ切れたような雰囲気だった。

その、穏やかな表情のまま。

「それではご笑覧ください。演目名『浮気男のハラ切りｆｅａｔ．なぜか鞄に入っていた可能な限り苦しんだあと確実に死ねそうなドス』」

『切るな切るな！』

ドスをマジの速度で振り下ろす恋太郎の腕を、彼女たちが一斉に押さえて止める。

「放してくれ！　浮気なんてして大切な彼女を傷付けるような、この世で一番のクズに生きてる価値はない！　一秒でも早く速《すみ》やかに死ぬべきだ！」

「『ぶっかけると皮膚がただれて滅茶苦茶痛《い》てー薬』で恋太郎の手を止めるのだ！」

「使わせねーよ!?」

「まずは愛城恋太郎を拘束するべき」

「そうね！」

「かしこまりました」

羽々里の指示を受け、芽衣が恋太郎を縄でぐるぐる巻きにしていく。

「うぅ……！　死なせてくれぇ……！　死なせてくれぇ……！」

身動きの取れなくなった恋太郎は、さめざめと涙を流していた。

「恋太郎君は、一つ思い違いをしています」

「えっ……？　やっぱり、八股っていうのは間違いってこと？」

「『それについては』〝真実であった〟」

「うぉぉぉぉぉぉぉぉぉハラを切るぅぅぅぅぅぅぅぅぅ！」

「聞きなさい、恋太郎！」

しかし、唐音の叫びにビクッと震えて涙も止まる。

「私だって、堂々と二股とか三股とか……最初は、脳みそ腐ってんのかって思ったわ」

「やっぱり、俺が悲しませて……！」

「でも！」

恋太郎の声を遮る唐音の目には、強い意志が宿って見えた。

「今は……こうなって良かったたって、思ってるんだからねっ！」

視線を逸らし、ちょっと唇を尖らせながらのデレである。

「恋太郎君はどれだけ彼女が増えても、私たちに変わらない愛を注いでくれています！」

「愛城恋太郎の愛情は完璧に平等」

「私も最初は疑った側だからこそ言えるけど、恋太郎ちゃんの愛は絶対に全部本物よ！」

「僭越《せんえつ》ながら、私めまで皆様と同じように愛していただいております」

「それに、皆が恋太郎君の彼女って形じゃなければ……私たち、こんな関係を築けることもなかったと思うんです。クラスメイトでも、話すことさえなかったかも」

羽香里が振り返ると、他の彼女たちもしっかりと頷いた。

「『皆が、かけがえのない存在なのです』」

「楠莉、皆と一緒にいるのが一番好きなのだ！」

「皆で一緒に食べると……一人の時より、美味しく感じるよ」

という、彼女たちの言葉を受けて。

「ふぐぅ！」

恋太郎は、滂沱《ぼうだ》の涙を流した。

「ありがとう、皆……！　皆の想い、伝わったよ……！」

とりあえず、切腹の意思は取り下げられたようである。

「絶対、皆のことを思い出す！　その上で最低の彼氏だったら、改めてハラを切る！」

一旦保留になっただけのようである。

「ふふっ、そんなことには絶対になりませんよ」

「恋太郎は世界一の彼氏なのだーっ！」

「あんたがホントにクソヤローだったら、とっくに私が刺してるわよ！」

「愛城恋太郎の誠意は私たちが保証する」

「恋太郎先輩がそんなだと、調子狂うから……早く、全部思い出してよ」

「『そなたが戻るのを待っておるぞ』」

「恋太郎ちゃん、私たちだって何でも協力するからね！」

「何でもご命令ください」

彼女たちの、頼もしい言葉を受けて。

「じゃあ、皆に一つお願いがあるんだけど……」

真剣な顔で、恋太郎が提案したのは——

◆　◆　◆

「ここが私めと恋太郎様の思い出の場所でございます」

芽衣の案内に従い、一同移動した先は鬼分咲《おにぶざき》公園だ。

恋太郎の『お願い』とは、彼女たちそれぞれとの思い出深い場所に連れて行ってほしいというものだった。強く記憶に残っていたのであろう場所を訪れることで記憶を取り戻すきっかけになるかもしれない、という提案に彼女たちも一も二もなく頷いた形である。

「わぁ、綺麗だなぁ！」

咲き誇る桜を見上げ、恋太郎たちは感嘆の声を上げていた。

「満開の季節、ですねっ」

「いつまで満開の季節なのよ」

「……桜餅食べたくなってきた」

「おばあちゃんが作ってくれた桜餅があるから一緒に食べるのだ！」

桜餅を分け合う楠莉と胡桃に、他の面々からほんわかした視線が注がれる。

「俺たち、前にもここでお花見をしたんですか？」

恋太郎もしばらくその光景を笑顔で見守ってから、芽衣の方へと振り返った。

「はい。そして、様々なご命令をいただきました」

「彼女に命令だなんて、最低のＤＶ野郎じゃないか俺ぇぇッ！」

「ち、違うのよ恋太郎ちゃん！」

自らボゴォ！　と殴りつけた恋太郎の頬を、羽々里がよしよしと撫でる。

「芽衣は、他にコミュニケーションの方法をあんまり知らなかったから……芽衣の方から、命令してほしいって頼んだのよね？」

「はい、羽々里様のおっしゃる通りです」

「それで？　その後、どんなことがあったのか聞かせてちょうだい？」

「かしこまりました。その後私めは、一時は恋太郎様のご命令を実行するためには命を捨てるより他にないと考えたのですが」

「なんで彼女にそんなこと思わせてんだ俺ぇぇッ！」

「落ち着いて、恋太郎ちゃん！　芽衣、詳細を話して！」

「かしこまりました」

またも己を戒《いまし》めようとする恋太郎の腕を押さえる羽々里に、芽衣が粛々と一礼する。

「私めは大切な方のお役に立つことだけが己の価値であり、私め自身には何の価値もないと考えておりました」

ピッタリ閉じられた瞼の裏にその頃のことを思い出しているのか、芽衣はどこか懐かしげな表情に見えた。

「ですので恋太郎様にも尽くさせていただきたく、ご命令らしいご命令を、とお願いしたのです。すると、恋太郎様は……」

「うっ……!?」

芽衣の言葉の途中で、恋太郎は呻《うめ》きながら頭に手を当てふらついた。

「恋太郎ちゃん、頭が痛いの!?」

「い、いえ……」

頭をなでなでする羽々里にちょっと申し訳なさそうな表情を返しつつ、しっかりとした足取りに戻った恋太郎は芽衣に視線を向ける。

「決して、俺の役に立たないでください……?」

「!」

半信半疑といった調子で言う恋太郎に、芽衣は目を見開く……ことこそなかったものの、酷《ひど》く驚いた様子であった。

「記憶を、取り戻されたのですか……?」

「あ、いえ、不意に頭に浮かんで……記憶が蘇《よみがえ》ったわけじゃなくて、俺ならどう言うかって考えて思いついただけかもしれませんけど……」

「『それでも一歩前進じゃ!』」

「記憶を失う前の考え方をトレースするのも記憶を取り戻すのに有効と考えられる」

ぴよぴよ嬉しげに笑う静《しずか》と、氷の表情を崩さない凪乃という対照的なコンビ。

二人の言葉に、恋太郎は背中を押された様子である。

「さっき、命を捨てるより他にないと考えたって言ってましたけど……それは、『俺の役に立たないでください』を実行しようとして辿り着いた結論なんですね？」

「その通りでございます。私めが何をしていてもどこにいても恋太郎様は役に立っているとおっしゃられましたので、後は命を捨てるしかないのではないかと考えたのです」

「それって……俺は、こう言いたかったんじゃないでしょうか？　生きている限り、芽衣さんは俺の役に立っている。わざわざ命令なんか聞いてくれなくても、役に立とうとなんかしてくれなくても、芽衣さんにはちゃんと価値があるんだって」

「っ……！」

あの時と全く同じ言葉に、芽衣は言葉を詰まらせた。

「愛する人っていうのは、ただそこにいてくれるだけで……ただ生きていてくれるだけで……ありがたい存在なんだ、って」

「その通りでございます」

微笑んで肯定する芽衣を見て、恋太郎はハッとした表情となる。

「そっか……俺、芽衣さんのこと愛してたんだなぁ……」

今はその記憶がないからか、その呟《つぶや》きはどこか寂しげに風へと溶けていった。

けれどグッと拳を握る頃には、目に力が籠《こ》もっている。

「絶対、その愛を取り戻してみせますから……少しだけ、待っていてください」

静かな決意宣言に対して、芽衣は。

「かしこまりました」

「命令じゃないですよ!?」

あの時と同じ流れを踏襲したのだった。

◆　◆　◆

「あたしと恋太郎先輩の思い出の場所っていうと……やっぱりここ、かな」

学校に戻り、胡桃を先頭にやってきたのは調理室だ。

「あたしは消化が凄い早くて、いつもお腹が空いてイライラしてて……八つ当たりしちゃわないよう、前は極力一人で過ごすようにしてて……」

「そういえば当初、私たちとも馴れ合うつもりはないって言ってましたよね?」

「随分と馴れ合うようになったじゃないのー?」

「……別に、馴れ合いじゃないし」

笑みを浮かべる羽香里と唐音から視線を逸らす胡桃の頬に、ちょっと朱《しゅ》が差した。

「今は凪乃先輩と同じで、皆のことが……すっ、好きだから一緒にいるんだし」

「それはプロポーズって意味ね結婚ちまちょ！」

「そんな意味であってたまるかッ！」

「婚姻届はご用意してございます」

「ご用意すんな！」

ほんわかした雰囲気に包まれかける中、胡桃に突撃した羽々里が全力で拒絶される。

「婚姻……コン……コンソメスープ飲みたい……！」

「えっ!? 急に連想ゲーム始まった!?」

そして、くるくるとお腹を鳴らす胡桃に驚きの目を向ける恋太郎。桜から桜餅を連想するのは理解の範囲内だったが、今回の飛躍はその枠外だったらしい。

「これはそういうもんだから慣れるのだ」

「『それが彼女の背負った業なのです』」

「そ、そうなんだ……」

なんて会話を交わしている間に芽衣がササッと調理室の調理器具でコンソメスープを用意し、胡桃の食欲もとりあえずは満たされた。

「それで、話を戻すけど」

未《いま》だちょっと頬を染めながら、胡桃はコホンと咳払い。

「そんなだから最初、親切にしてくれた恋太郎先輩にも八つ当たりしちゃってさ。なのに恋太郎先輩は、ずっと優しくしてくれて……あたしのためにここで作ってくれたメンチカツサンドが、美味しくて……嬉しくて……」

恥ずかしげながらも素直なその告白に、恋太郎と他の彼女たちがキュンッとときめく。

「だから！」

周囲からの温かい視線を振り切るように、胡桃は少し声を荒らげた。

そして、鞄の中に用意していたハンバーガーとカツサンドを取り出す。

「記憶を取り戻すのに役立つのかとか、わかんないけど……今度はあたしが、恋太郎先輩にメンチカツサンドを作るよ」

「特定の匂いからそれにまつわる記憶を誘発する現象、プルースト効果が期待出来る」

凪乃の言葉に背中を押された表情で、胡桃はハンバーガーからハンバーグを抜いた。

「まずは、ハンバーガーのハンバーグをフライにするために……」

「……あっ」

ハンバーグを洗ってケチャップを落とす胡桃を見て、恋太郎が小さく声を上げる。

「水を落としてから揚げないと、この世の終わりみたいに油が跳ねるから気を付けてね」

「っ!?」

言いながらキッチンペーパーを用意する恋太郎に、胡桃は期待の目を向けた。

けれど記憶が戻った様子はなく、少しだけ落胆した様子を見せる。

「知ってる。前に、恋太郎先輩が身をもって教えてくれたことだから」

なんて言っている間にキッチンペーパーでハンバーグの水気をしっかり落とし、油に投入。ジュワァと小気味の良い音と共に香ばしい匂いが立ち上り始めた。

「出来た……！」

完成したメンチカツサンドを手に、胡桃は達成感に満ちた声を上げる。

「恋太郎先輩、食べてよ」

そして、それを恋太郎に差し出た。

――くるくるくるくる！

と同時に、お腹がメロディを奏でた瞬間から胡桃の表情が苛立《いらだ》ちに満ちていく。

「ずっとメンチカツサンドのこと考えてたから、完全にメンチカツサンドの口に……！」

「だったら、それは君が自分で食べてよ！」

「でもこれは、恋太郎先輩のために作ったやつで……！」

いつもなら喜んでいただくところだが、グッと唇を噛んで我慢。

「あの時のお礼……いつか、恋太郎先輩に返したいと思ってたから……！」

苛立ちに飲み込まれそうになる中、胡桃はずっと考えていたことをどうにか伝えた。

「……そっか、ありがとう。それじゃ、いただくよ」

果たして恋太郎も納得してくれたらしく、今度こそはメンチカツサンドを受け取ってくれた。手元から離れたからか、くるくると胡桃のお腹の音が更に激しさを増していく。

一方、恋太郎は調理室の包丁でメンチカツサンドをサクッと二つに切り分けた。

「はい、一緒に食べよう」

そして、片方を胡桃に差し出してくる。

かつて出会って間もない頃、一度ならず拒絶したその彼の手を。

「桜餅もコンソメスープも、凄く美味しそうに食べてたよね？　そんな風に美味しそうに食べる人と一緒の方が、俺も美味しく食べられると思うんだ」

「……恋太郎先輩は、記憶がなくてもやっぱり恋太郎先輩だ」

今度は、素直に受け入れた。

そして、二人一緒にメンチカツサンドへとかぶりつき。

「おいっしいいいいいぃ～!!♥♥♥」

「うん、とっても美味しいね」

パァッと顔全部で喜びを表現する胡桃を見て、恋太郎も嬉しそうに微笑むのだった。

◆　◆　◆

続いては、羽々里の番となったわけだが。

「思い出の場所って……ここが、ですか？」

訪れた場所にて、恋太郎はちょっと戸惑った様子を見せていた。

目の前にあるのが、豪邸ではあってもただの民家に見えるからだろう。

「そう……私と恋太郎ちゃんが出会った場所であり、私と恋太郎ちゃんが恋人になった場所であり、恋太郎ちゃんが女の子になった場所、花園《はなぞの》家よ！」

「人のお宅で出会うこととかあるんですか!?」

「ていうか最後のは何なんだよ」

「『当時を知らぬ者か……』」

「羽々里のやることなんか大体想像つくでしょ」

「誠に遺憾《いかん》です……！　が、それはそれとしてあれは良い仕事でした……！」

「恋太郎、可愛かったのだーっ♥」

「あのイベントは定期的に開催すべき」

「恋太郎様のご衣装は常にご用意しておりますので、いつでも開催可能でございます」

なんて、ワイワイ言いながら花園家の中へと移動して。

「さて……記憶が刺激されるよう、初めて出会った時のことを再現してみましょうか？」

と、羽々里は金持ちの家の椅子に腰掛けて足を組んだ。次いで目を閉じ、意識を切り替えるかのように深く呼吸する。そして、再び目を開けた羽々里は……。

「恋太郎ちゃん、私と付き合ってちょうだいッッ！！！♥♥♥♥♥」

特に意識は切り替わっていなかった。

本人もそれに気付いたようで、叫んだ後にハッとする。

「ごめんなさい、恋太郎ちゃんへの愛が溢《あふ》れてちょっと間違えちゃったわね」

「全く同じ場面があったのは確かだけどな」

少し恥ずかしそうにしている羽々里に、唐音が淡々とツッコミを入れる。

「こんな感じだったんですか……」

母の告白場面を実際に見て、娘の方はだいぶ恥ずかしそうだった。

「ええっと……あの……その……」

「あんたもあんたで再現してんじゃないわよ」

「こんな感じだったんですね～」

ドギマギして言葉に詰まる恋太郎を見て、今度は微笑ましげな表情となる羽香里。

「もう一度、やり直すわね」

一方の羽々里は再び目を閉じ、意識を切り替えるかのように深く呼吸する。

そして、目を開ければ今度こそ……。

「恋太郎ちゃん、私と付き合ってちょうだいッッ！！！♥♥♥♥♥」

切り替わっていなかった。

「演技でも、今の私があの頃と同じ態度を取るのは難しいってことね……それなら」

「かしこまりました」

羽々里の視線を受けただけで動き出した芽衣が部屋に備え付けのモニタの電源を入れ、そこに繋《つな》がったパソコンを素早く操作していく。

「この部屋の監視カメラの映像でございます」

そしてモニタに映し出されたのは。

『初めまして、愛城恋太郎君……それに、院田《いんだ》唐音さん』

あの日の、羽々里だった。

『私は羽香里の母の、花園羽々里です』

映像の中の羽々里は、恋太郎を冷たく見下ろしている。

「……誰これ？　双子の姉か妹？」

「まだまともだった頃の花園羽々里本人」

「『今は昔ってか？』」

「楠莉の脳からはこんな羽々里の姿、ぶっ飛んでたのだ……」

「直接この場面を見たはずの私でさえ、記憶がおかしいのかと思ってんのよ」

「私にとっても、尊敬出来る人でした……」

「あら、羽香里までツンデレに目覚めちゃったのかしらー？」

「こういうことをする人でさえなければ……！」

頬をくっつけようとする羽々里を羽香里がグイグイ押し返す中、映像は流れていって。

『そんな綺麗事で、私の心を動かせると思って？』

当時の羽々里が、恋太郎をバッサリ切り捨てた。

「あの……これはもしかしなくとも、最初は敵対していたとかそういう感じですか？」

「そうなのよー」

映像を指差しながら頬に汗を流す恋太郎に、羽々里は軽ーく頷く。

「羽香里が悲しまないのなら、恋太郎ちゃんを駆除していたところだったわ」

「結構重めに敵対してますね!?」

「五股男なんか愛したって羽香里に〝幸せな人生〟はやってこない、って思ってたから」

「正論に思えますが……」

「違うのよ」

羽々里は、恋太郎へと優しく微笑みかける。

「恋太郎ちゃんは約束してくれたの。必ず幸せにしてみせますって。羽香里のこと……」

「……も、あなたのことも？」

「！」

あの時と全く同じ言葉に、羽々里は目を見開いた。

「ええ、そうよ」

それから、今度は少しくすぐったそうに笑う。

「そして、恋太郎ちゃんは約束を違《たが》えず叶え続けてくれている。私のことも、羽香里のことも……皆のことも。これ以上なく幸せにしてくれてるわ。ねっ？」

羽々里が振り返ると、残りの彼女たちは力強く頷いた。

「俺が、そんなことを……」

自らの両手を見つめる恋太郎は、未だ半信半疑といった様子ではあったけれど。

「もう一度……皆のこと、必ず幸せにしてみせます！」

少しずつ、過去の自分を信じられるようになってきているように見えた。

◆　◆　◆

続いて一行が訪れたのは、学校の化学室だ。

「楠莉はここで恋太郎と出会って、恋太郎の彼女になったのだ！」

てててっ、と楠莉は楽しそうに中へと入っていったかと思えばすぐに戻ってきた。

「さて、それじゃ早速薬を飲むのだー！」

「早速薬を飲むのだ!?」

試験管を手にした楠莉の言葉に、恋太郎の目は大きく見開かれる。

「楠莉たちは、いっつも一緒に薬で遊んだりしてるのだ！　たーのしぃのだぁ……！」

楠莉の恍惚《こうこつ》とした表情を見て、恋太郎はゴクリと息を呑《の》んだ。

「あの、薬で遊ぶってもしかして……この学校って、そういう荒廃した校風的な……？」

「薬膳《やくぜん》楠莉の薬は今のところ合法」

「これについてはたぶん法律の方が追いついてねーんだよ」

「？？」

そして凪乃と胡桃の言葉に、疑問符を沢山浮かべることとなる。

「薬を飲めば何か思い出すかもしれないのだ！　ほら、『磁石人間になる薬』なのだ！」

「ノーベルをぶっ飛ばすレベルですごい！」

恋太郎のリアクションに、楠莉がくすりと笑った。

「恋太郎、前とおんなじこと言ってるのだ」

「そりゃ初見は大体こうなるんじゃないかな……」

「あとこの薬を飲んだ後は三日三晩想像を絶する程の便秘に苦しむから覚悟するのだ」

「重過ぎる副作用!!」

「命の危険はないという意味では、比較的軽い方と言えなくもないですけどね……」

「命の危険に晒《さら》されることもあるの!?」

「ガチャでいうとSR《スーパーレア》くらいの排出率ね」

「そこそこ出るやつ！」

「ささっ、飲むのだー！」

「今の話を聞いた後だとめちゃめちゃ飲みづらいんだけど!?」

そう言いつつも、試験管をグイグイほっぺに押し付けてくる楠莉を相手に、やがて恋太郎は観念した様子を見せた。そして一つ深呼吸した後、グイーッと試験管の中身を一気に飲み干す。すると、近くの金属や磁石がビターッと恋太郎の身体にくっついてきた。

「す……すごい……!!」

「前はこの後、磁極を逆にした版の薬を楠莉が飲んで恋太郎にぴた〜ってしたのだ。楠莉は恋太郎に一目惚れして、ぴた〜ってする言い訳が欲しかったのだ。でも、今は……」

何も飲むことなく、楠莉がギュッと恋太郎に正面から抱きついて見上げた。

「薬がなくても、ぴた〜って出来るのだ！　だって、楠莉は恋太郎の彼女だから！」

『はぐっ……!?』

とろけるような甘い微笑みを浮かべる楠莉に、恋太郎と羽々里が胸を押さえて呻く。

「『魂が』『出ちまってるぜ！』」

「お迎えにあがります」

恋太郎と羽々里の身体から抜け出した魂的な何かを、芽衣がヒュバッと戻した。

「うっ……！」

そうして意識を取り戻したかと思えば、恋太郎は頭に手を当てた。

「何か思い出せそうなのだ!?」

「あ、いや……頭に浮かんだ場面はあったんだけど……あり得ない場面というか……たぶん俺の妄想か何かというか……」

「割とあり得ないことばっかだから、楠莉に限らずだけど」

という胡桃の言葉を受け、恋太郎は少し迷った様子を見せた後に再び口を開く。

「その……この状態で、じょんじょろーッと……何か、放尿的なサムシングを……」

「実際にあったことだから、ちゃんと思い出せてるのだ！　何なら今から再現するし！

もちろん、ちゃーんとオムツはしてるから安心するのだ！」

「してるからってしていい行為じゃないし微塵も安心出来ないからね!?」

気軽にじょんじょろしようとする楠莉だが、今回はさっきトイレに行っていたこともあって言葉での説得により阻止することが出来た。

「時に楠莉先輩、記憶喪失が治る薬とかはないんですか？」

「そんな都合の良い薬がぽんぽん用意されてるわけないのだ」

「ここまでのページ全部読み飛ばしてきたのか？」

という羽香里たちの会話に、恋太郎は何やら引っかかりを覚えている様子。

「その『先輩』っていうのは、この子の愛称的なやつなの……？」

「『否、事実彼女は』〝上級生の立場であった〟」

「てことは、飛び級とかしてるとかそういう……？」

「実際に見る方が早いのだ！」

戸惑う恋太郎を見て、楠莉がグイッと飲むのは『打ち消しの薬』。

「え……？」

するとムクムクムクッと楠莉の身体が大きくなっていき、恋太郎は目の前の事象を否定するかのように己の目を擦《こす》った。だが、ただの現実なので見えるものは変わらない。

「これが楠莉の本当の姿なのだよ」

「どういうこと!?」

「事実としてただ受け入れるのが建設的」

とそこで、恋太郎はハッとした様子で静へと目を向ける。

「まさか、君も……!?」

「常識的に考えるのだよ。楠莉のようなヤツが同じ学校に二人も三人もいるわけがない」

「常識的に考えると地球上に一人たりとも存在しねーんだよ」

「……我が社で楠莉ちゃんの薬を量産出来れば、地上が幼子パラダイスに？」

「研究所に連絡致します」

「連絡致すな！」

話が逸れていく中、楠莉はスッと眼鏡をかけ髪をまとめながら。

「さっきは、あぁ言ったがね」

と、恋太郎へと目を向ける。

「あくまで今はないだけで、記憶喪失を治す薬だっていずれきっと作ってみせる。だから安心するのだよ、恋太郎」

今の姿に見合った頼もしい微笑みに、恋太郎の心臓がドキリと高鳴った。

「……ありがとうございます」

恋太郎も小さく微笑んで返し、楠莉の提案を受け入れて。

「それじゃ、俺が自力で記憶を取り戻すのとどっちが早いか競争ですね！」

しかしその目は、決して前向きな光を失ってはいないのだった。

◆　◆　◆

「ここは私の記憶に強く残っている場所の一つ」

と、凪乃が先導してくれたのは二人が初めてデートした遊園地だ。

そして、あの日のように……今回は皆で、遊園地を回り始めた。

「これは乗馬訓練機ではなく娯楽施設」

「う、うん……そうなんだ……」

「遊園地にあるものなんて大体が娯楽施設でしょ」

「レストランとかもあるし……うっ、考えたらお腹が……」

メリーゴーランドに乗っては、そんな会話を交わし。

「ここにいるのは全部人間だけどお化けとして扱うというルール」

「う、うん……そうなんだ……」

「皆、怖かったらママにギューッって抱きついてきてくれていいのよ！」

「事実としては人間なので恐怖はない」

「『人間だって怖いんだぜ!?』」

「私めの幼い頃の話をご所望でしょうか？」

「どうして急にそんな話に!?」

お化け屋敷では、そんな会話でお化けに全く集中出来ず。

「この巨大なカップに乗る意義は未だに理解出来ていない」

「う、うん……そ、そうなんだ……」

「うぉーっ！　いっぱい回すといっぱい回って楽しいのだーっ！」

「今のところ洗脳装置か三半規管を鍛える装置という説が有力」

「一行前に答えが示されてた気がするけどね!?」

コーヒーカップでは、はしゃぐ楠莉とスンと真顔の凪乃が対照的な表情で。

「ここでは無駄に迷うルール」

「う、うん……そうなん、いやこれに関してはその認識でホントに合ってる!?」

「とはいえ、迷路ってそういうものだと言われれば間違ってない気もしますね……」

大迷路でも、なんやかんやワイワイ言いながら楽しんで。

「これは生命の危機を覚えるための施設」

「その認識も合ってるのかな!?」

観覧車を見上げて淡々と説明する凪乃に、またも思わずといった様子で叫ぶ恋太郎。

けれど、直後にハッとした表情となる。

「もしかして、高いとこが苦手……とか?」

その言葉に、凪乃がピクリと反応した。

「記憶を取り戻した?」

「えっ……? いや、表情からそうなのかなって思ったんだけど……」

「……そう」

表情は変わっていないが、少し頬を赤くした凪乃の仕草はどこか嬉しげに見える。

「後は実際に乗ってみるだけ」

「えっ、乗るの!?」

それから観覧車の方に歩き出した凪乃を、恋太郎が慌てて追いかけた。

「高いところ苦手なんじゃ……？」

「記憶を取り戻す可能性がある行動なのに試さないのは非効率的」

「俺の記憶のために、君が無理することは……」

「それに」

歩きながら、凪乃は恋太郎の手をギュッと握る。

「こうしていれば平気」

イケメンムーブが多い凪乃の可愛い仕草に、恋太郎及び後方で見ていた彼女たちが「んんっ！」と心臓を押さえたのだった。


そうして、一通り遊園地を回り終えて。

「そういえばそのインスタントカメラ、俺も同じの持ってるんだよね」

中央広場のモニュメントの前にて皆でパシャリと記念撮影した後、恋太郎は凪乃が手にするカメラを指差す。今日、凪乃はこのカメラでずっと自分たちを撮影していた。

「前回遊園地に行った後、私が愛城恋太郎と同じものを買った」

「あっ、そうなん……だっ!?」

言葉の途中で、恋太郎は顔を顰《しか》めて頭を押さえる。

「前は……この遊園地で、俺が撮影を？」

その呟きに、また凪乃がピクリと反応した。

「えぇ。これがその時の写真」

と、鞄から写真の束……端っこが少しだけ焦げているものを取り出す。

「ふふっ、この時も楽しそうだ」

そこに写る自分たちを見て、恋太郎は嬉しそうに微笑んだ。

「とても楽しかった。想定していたより遥かに」

あの時と同じ言葉を、凪乃は再び口にする。

「でも私はそれを無意義だと考えた」

「それは……」

「違うと、今はわかってる」

否定しようとしていたのだろう恋太郎の言葉を、凪乃自身が引き継いだ。

「愛城恋太郎が教えてくれたから」

凪乃は、真っ直ぐに恋太郎を見つめる。

「遊園地の楽しさも。幸せには、意義があるということも」

それから、皆の方を振り返った。

「大切な人と過ごす時間の意義も」

大切な人、という言葉に今度はトゥンクとときめいた様子を見せる彼女たち。

「以前の私だったら、戻るかわからない記憶を取り戻すのに時間を費やすより記憶を喪失したまま生きる方が効率的、と言っていた」

再び、凪乃の視線が真っ直ぐ恋太郎を刺す。

「でも今は、非効率的でも取り戻したいと思ってる」

瞬《まばた》き一つ。

「それは、私にとっても大切なものだから」

「っ！」

飾らない真っ直ぐな言葉に、恋太郎はグッと拳を握る。それを、胸の前に持ってきて。

「もちろん、絶対に取り戻してみせるよ！」

彼もまた、真っ直ぐな誓いを返すのだった。

◆　◆　◆

「『彼《か》の地とは、ここです』」

次に、静と共に学校の図書室を訪れる。

「『我はこの地を管理する者なり』」

静かな空間に、ボリュームを抑えた電子音声がそっと響いた。

「えっと、図書委員ってことかな？」

「〝その通りなのであった〟」

出会った当初と、似たようなやり取り。

「『定めに従い、私は貴方に』〝勧められるものを紹介した〟」

「そうなんだ……ごめん、それも覚えてなくて」

気まずげに謝る恋太郎に対して、静はふるふると首を横に振った。

「『また何度でも、教えますから』」

そして、小さく微笑む。

「『かつて私は』」

スマホに喋らせながら、静は鞄から一冊の本を取り出した。表紙に記載されているタイトルは、『王冠恋物語《サークレットラブストーリー》』。ページを捲《めく》って、静は「このように話していたのだ」という台詞《せりふ》を指す。それから、再びスマホを操作した。

「『今はこう』〝である〟」

「そっか……」

ふむふむと、恋太郎はスマホを興味深げに見ながら頷く。

「確かにそれなら、相手の目を見て話せるもんね」

「！」

それからニッコリと微笑むと、静はちょっと驚いた表情となった。

「『貴方は以前にもそのようにおっしゃり』『私にこの力を授けてくれました』」

「えっ？　あっ、俺がそれを？　……うっ⁉」

恋太郎は目を閉じて頭を押さえた後、ゆっくりと瞼を上げていく。

「確かに今、黙々と小説の内容を打ち込んでる場面が脳裏に浮かんできた……」

恋太郎に目を向けられ、静はコクコクと頷いた。

それから……何度か迷うように指を宙に走らせた後、スマホの画面をタッチする。

「『私はかつて、孤独な者でありました』」

少しだけ寂しげに、目を細める静。

「〝迷惑をかけるくらいならばと〟『それを受け入れ、』〝あるいは諦めていた〟」

静の話を傾聴する恋太郎ファミリー一同は、痛みを堪《こら》えるような表情である。

「『貴方に出会う、それまでは』」

一瞬瞳を伏せた後、静は恋太郎を真っ直ぐ見つめた。

「『貴方は私に、様々なものをくれました。』『この力だけでなく』」

真剣だった静の表情が、少しずつ変化していく。

「『この心の温かさを、』〝そして〟」

愛おしげな視線を恋太郎に向けた後、静は彼女たちの方を振り返った。

「『素敵な仲間』〝に囲まれる〟『喜びを！』」

『んんっ……！』

その天使の微笑みに、一同ノックアウト状態である。

「静ちゃんの可愛さは特別天然記念物指定すべきね！」

「かしこまりました。申請を進めて参ります」

「通る可能性が九九％」

「凪乃先輩までそっち《ボケ》に回ると収拾つかなくなるんだよ」

「割とそっちにいることも多いのだ」

なんて会話を交わされる一方、静は恋太郎へと視線を戻す。

「『全て、貴方のおかげです』」

「そんな……」

手を振りながら開きかけた口を、恋太郎は途中で閉じた。

「……そんなことないよ。君自身が頑張った結果だよ」

再び開いた口から出てきた言葉は、どこか虚《うつろ》に空気へと溶けていく。

「今の俺には、そんなことさえ言ってあげられないんだね」

ちょっと困った顔で頬を掻く恋太郎からは、罪悪感がありありと表れていた。

「……『あの瞬間まで、私は』」

再びちょっと躊躇した様子を見せた後、静はそう続ける。

「『私の気持ちを』〝伝えるべきではないと考えていたのだが〟」

ｉｆの自分を想像しているのか、静の眉が悲しげにハの字を形作った。

「『どうしようもなく、気持ちが溢れてしまったのです』」

それが再び、微笑みで彩られる。

「『私は貴方に』『好きです』〝と伝え〟」

スッスッとスマホを操作する静。

恋太郎は、ドキドキした様子でそれを見守って。

「〝紆余曲折あり、脳みそが〟『腐っているのか？』〝とおっしゃられた〟」

「健気に告白してくれた子になんてこと返してんだ俺ぇぇッ！」

「落ち着きなさいそれ私があんたに言ったやつだから！」

「私たちも、『彼女が増える』という事象に初めて遭遇した瞬間でしたね……」

またも自らをぶん殴ろうとする恋太郎を唐音が止め、羽々里が微苦笑を浮かべる。

「〝結末は〟」

静は珍しく、笑みをどこかイタズラっぽく変化させた。

「『君自身で、確かめてほしい』」

「！」

そんな彼女の『お願い』を受け、恋太郎は目を見開いて。

「うん……！　俺たちの間にどんなやり取りがあったのか、全部思い出してみせる！」

高らかに宣言したのだった。

◆　◆　◆

そうして、最後にやってきたのは学校の裏庭だった。

「ここが、私たちの思い出の場所……」

「なんかじゃないんだからね！」

「じゃあなんで連れてきたのだ」

「んふふっ、唐音ちゃんのいつもの照れ隠しよねーっ？」

「なんかじゃないんだからね！」

「嘘発見器をお持ち致しましょうか？」

「瞳がやや収縮したのに加えて心拍数にブレが見られる。嘘をついている人間の特徴」

「なんかじゃないんだからね！」

「唐音さん、話進まないんで一旦黙っといてもらえます？」

ツンを連発する唐音に、羽香里はお口チャックのポーズ。

「ここに生えているピンク色の四葉のクローバーを渡しながら告白すると、必ず付き合える……っていう噂がありまして」

「高校生にもなってそんなの信じるヤツなんて、バカよね！」

「当時と全く同じブーメランに巻き込むのもよしてください」

ツンと顔を背ける唐音の言葉に、羽香里がスンッと真顔になった。

「……バカよ、あんたは」

これまでとは違って、零《こぼ》れ落ちるような唐音の呟き。

「私たちが喜ぶかもってだけで、一晩中そんなの探し回って……挙げ句に、私と羽香里に『二人とも俺と付き合ってください』とか言い出すし」

「全く弁明出来ない己の過去の罪…ッ！」

「あっ、誤解しないでくださいね？　唐音さんは、責めてるわけじゃないんです」

「ないんだからね！」

「珍しく本来の文脈で使われてるな」

またもツンと顔を背ける唐音に、胡桃が物珍しげな目を向けていた。

「それからも、次々と彼女を増やしていくし……さっきも言った通り、今はもうそれで良かったと思ってはいるけど」

「私は最初から、フらないでいてくださるだけで満足でしたけど」

「すぐに色々と垂れ流すような人間の感性と一緒にすんじゃないわよ！」

「ちょっと唐音さん、私がお母様みたいな人間であるかのような物言いは心外です！」

「その点に関しては完全に一致してんでしょうが！」

「二人共、私のために争うのはやめてちょうだい！」

「『彼女が原因ではあったが、彼女のために』〝闘っているのではなかった〟」

と、羽々里の介入もあったところで二人の言い争いも一旦ストップ。

コホンと咳払い一つ挟んだ後、唐音が再び口を開いた。

「付き合ったばっかで、ファーストキスについて真剣に考えてくるようなバカ。すぐに可愛いとか言ってくるようなバカ。本気で彼女全員を幸せにしようとしてるようなバカ。こんな……私のことさえ、ありのままに受け入れちゃうようなバカ」

最後は、目を伏せながら。

「そんなあんたのバカな記憶の数々を……絶対に、思い出させてやるんだからね！」

再び上がってきた、恋太郎を睨んでいるようにも見える目には強い意志が垣間見《かいまみ》えた。

「ありがとう！　絶対に思い出してみせるよ！」

それに対して、恋太郎も同じ種の瞳で返事をする。

「試しに、俺の頭をぶん殴ってみるっていうのはどうだろう？」

「昔の家電じゃないのよ」

次いで真剣な表情で提案する恋太郎に、唐音はスンッと真顔となった。

「記憶を失った時と同種のショックを与えるという治療法には一定の合理性がある」

「唐音が本気でぶん殴ると、恋太郎の頭が吹っ飛びかねないのだ……」

「凪乃先輩辺りがやった方がいいんじゃないの？」

「私のことなんだと思ってんだ」

「〝過去の所業を思い出しているのだった〟」

「やっぱり恋太郎ちゃんに痛い思いはしてほしくないし、やるとしても最後にしない？」

「かしこまりました。最後に恋太郎様の頭部を殴らせていただきます。ご命令のある限り、記憶を取り戻されるまで、幾度でも。記憶を取り戻されるまで、幾度でも」

「私よりこっちの方がヤバいだろ」

なんて彼女たちがワイワイ話し合う（？）中、恋太郎は腕を組んで唸っていた。

「うーん、記憶を取り戻す方法……ググれば出てくるか……？　くっ、駄目だ……！　一体俺は、どうすれば記憶を取り戻せるんだ……！　皆との、大切な思い出を……！」

「……実は、私自身は」

そんな恋太郎をしばらく見守っていた羽香里が、ポツリと漏らす。

「思い出せないなら思い出せないで、別にいいかなって気持ちもあるんですよね」

「んなっ!?」

これまでの流れを否定するような羽香里の言葉に、唐音が驚愕の目を向けた。

「だって、もうわかったでしょう？　記憶がなくても、恋太郎君は恋太郎君なんだって」

「その点には同意する」

「あたしも……そう、思ってるよ」

「楠莉もなのだー！」

「『我もだ』」

「記憶を失っても、恋太郎ちゃんは可愛い可愛い恋太郎ちゃんよ！」

「僭越ながら、私めも羽々里様と同意見でございます」

「意見を同じくするとこホントにそこでいいのか？」

と、芽衣にツッコミを入れてから。

「ふんっ……！　そんなの、私だってわかってるんだからね！」

ここも珍しく、素直に唐音も同意する。

「もちろん、思い出はとっても大切ですけど……今の恋太郎君がそんなに苦しい顔をするくらいなら……それに、時間経過で治ることもあるかもしれませんし……」

「さっき言った通り、楠莉は記憶喪失が治る薬の開発を進めるのだ！」

「ほら、それを待っても良いですし？」

羽香里と楠莉の言葉に、一同「それも一つの手か……」といった雰囲気になり始める。

と、その時。

「！　羽々里様」

何かの通知を見た芽衣にそっと耳打ちされた羽々里が、目を見開いた。

「この学校に向かって飛来してくる、そこそこ大きめの隕石を検知したですって!?」

『突如訪れるカタストロフィ！』

流れが一転し、一同驚愕の表情である。

「伏線もなく破滅をもたらすんじゃないわよ!!」

「もしかして、恋太郎君の頭にぶつかった隕石というのが伏線だったのでは……？」

「そんな雑な伏線があってたまるかよ」

とりあえずツッコミを入れてから、一同バタバタと慌ただしく動き始める。

「生徒に避難指示を！」

「かしこまりました」

「室内の窓から離れた場所に退避するのが最も安全性が高い」

「『私達も急いで、宮殿の中へ向かいましょう！』」

そんな中、恋太郎は立ち止まったまま何かを考えるような仕草を取っていた。

かと思えば、バッと楠莉に駆け寄る。

「『磁石人間になる薬』って、まだありますか!?」

「ん？　あるけど……？」

と、楠莉は不思議そうな表情ながらもポケットから三本の試験管を取り出した。

「すみません、全部いただきます！」

恋太郎はそれを受け取って、三本同時にザバーッと飲み干していく。

「あーッ!?　『磁石人間になる薬』は飲めば飲むほど磁力が増すけど、副作用の便秘のレベルも比例して増すからそんなに飲むとマジでやべぇのだ!!　ゲーするのだ！」

「その程度で済むなら望むところです！」

そう言いながら、恋太郎はグラウンドに向かって駆け出した。

◆　◆　◆

走り出したのは、ほとんど衝動だった。

(隕石なら、鉄を含んでいる可能性が高い……！　これで引き寄せられるはず……！)

バクバクと、運動由来ではない理由で心臓は激しく高鳴っている。

無理だ、無謀だ、死んでしまう。

恐怖が、足を止めようと引っ張ってくる。

だが、恋太郎の足は一秒だって止まらなかった。

恐怖を遥かに上回る激情が、足を前へ前へと進めている。

(皆を、守らなきゃ……！)

今の恋太郎は、その想いのみによって突き動かされているのだった。

（あれか!?）

空の彼方に、キランと光る何か。それが見えたかと思えば、視界の中でグングン大きくなっていき……恋太郎に向かって真っ直ぐ飛んでくる隕石であることが、確認出来た。

（本当に、受け止められるのか……!?）

どんどん近づいてくる隕石は、先程頭に当たったらしい小石とは比にならない大きさだ。更に、磁力に引き寄せられ通常より速度も増していることだろう。

無理だ、無謀だ、絶対に死んでしまう。

弱気の虫がリンリン激しく羽音を奏でる。

全部無視して、受け止める姿勢で構えた。

（いや……受け止めて、みせる！）

衝撃！

接触の瞬間は、認識出来なかった。ただ、身体がバラバラになったなという感覚だけがあった。だけど実際にはバラバラにはなってなくて、どうにか隕石を受け止められているらしい。熱波で服が吹き飛んだようだが、その程度は些事だ。

「う、ぐ……！」

未だ推進力を失っていない隕石に、ジリジリと身体が押されていく。

このままでは、隕石は恋太郎ごと学校にぶつかってしまうことだろう。

（力が……！　力が足りない……！）

と、恋太郎が歯噛みした時だった。

「愛城「「「「「「恋太郎」」」君」」ちゃん」先輩」様」「「「「「「!!」」」」」」

「その声だけで無限に溢れ出るパワー!!」

彼女たちの悲痛な叫びが聞こえた瞬間、身体に力が湧き上がり……ズン！　とついに隕石を受け止め切ったのだった。そんな恋太郎の元へ、彼女たちが全力で駆けてくる。

「バカ！　バカバカバカ本当にバカ！　なんてことしてんのよ……！」

恋太郎をポカポカ殴りつける唐音だが、その手に力はほとんど入っていなかった。

「恋太郎君、死んじゃうかもしれなかったんですよ……!?」

恋太郎の腕にそっと添えられた羽香里の手は、小さく震えている。

「『生き残れたのは、奇跡かもしれぬ』」

静は滂沱の涙を流しながら、ぷるぷるといつも以上に震えていた。

「愛城恋太郎が死ぬかもしれないと思っただけで心臓が破裂しそうだった」

胸にギュッと手を当てる凪乃の目の端にも、涙が浮かんでいる。

「死んじゃったら、流石に薬でも治せないのだぞ！」

楠莉も泣きながら、本気で声を荒らげていた。

「恋太郎先輩が死んじゃったら、意味ないんだよ……！」

目尻に涙を溜め、それでも零さず胡桃は恋太郎を睨み付けることを選択している。

「それは、大人の役割よ……なのに任せることになってしまって、ごめんなさい…ッ！」

羽々里は、己を戒める表情で深く頭を下げる。

「私めが隕石を受け止める術《すべ》を持っていなかったばかりに、申し訳ございません……！」

主人同様、芽衣も深く頭を下げた。

「皆、心配かけてごめん……！」

彼女たちにそんな顔をさせてしまっていることを心から申し訳なく思い、恋太郎も深く頭を下げる。しかし、再び上がってきた目には強い意志が感じられた。

「でも……次に同じことがあっても、俺は同じことをする」

『！』

恋太郎の宣言に、彼女たち一同はショックを受けた様子。

「愛する彼女たちを守るためなら、何にだって立ち向かって……その上で。絶対に愛する皆の元に帰ってくるって、約束するよ！」

『！』

先程と似た、けれど先程よりずっとポジティブな彼女たちの反応だった。

「てか、愛するってあんた……！」

「もしかして、もう一度隕石の衝撃を受けて記憶が戻ったんですか!?」

唐音と羽香里の期待の目に、しかし恋太郎は申し訳なさと共にゆっくり首を横に振る。

「ごめん、それは結局思い出せなくて……！」

「『気に病むことはない』」

「ショックを与えれば治るというのは所詮民間療法」

「楠莉の薬に任せるのだ！」

「ウチの研究所も協力するわ！」

「かしこまりました。手配をして参ります」

「まぁ、その……羽香里先輩が言ってた通り、最悪戻らなくてもいいんじゃないの」

彼女たちの気遣いがありがたく、涙が溢れそうになる。

だが、グッと堪えて。

「実は俺はここまで、皆に嘘……ではないけど、言ってなかったことがあるんだ」

その唐突な懺悔《ざんげ》に、彼女たち一同は首を捻った。

「こんなの絶対におかしいと思って、黙ってた。だって、皆の記憶を取り戻せてないのに
……俺にとっては、今日会ったばかりのはずなのに」

恋太郎は、強く拳を握る。

「出会った瞬間から、皆のことが愛おしくて愛おしくてたまらなかったんだ！　きっと、記憶は消えてもこの気持ちだけは消えなかったんだと思う……！」

『‼』

顔を赤くしながらの告白に、彼女たちの顔もポーッと赤く染まった。

「だから……そんな皆のことを思い出せない、不甲斐ない彼氏で本当に申し訳ないんだけど……それでも、許してくれるなら」

スッと真剣な表情となった恋太郎は、姿勢を正す。

「俺と、もう一度付き合ってください！」

そして、頭を下げながら彼女たちの方へと手を差し出した。

沈黙の間は、一瞬。

「もちろん、喜んでっ！」「また幸せにしなかったら、承知しないんだからね！」「『再び共に行こう！』」「私の方からもお願いする」「よろしくお願いしますなのだ‼」「ここからまた始めましょうね、恋太郎ちゃん！」「また、一緒にご飯食べてよ」「かしこまりました」

といったことを、同時に喋り……その、瞬間。

――ビビーン！！！

恋太郎の脳に、どこか懐かしくも衝撃的な感覚が走る。

「ごめん……さっきの言葉を、一部取り消す」

『？』

どれのことだろう？　と彼女たち一同は顔を見合わせた。

「さっきまでの俺より、皆とのかけがえのない思い出を取り戻した今の俺の方がずっと皆のことが大大大大大好きで愛してる！」

『!!』

彼女たちが受けた衝撃は、二重の意味であろう。

「そしてそんなかけがえのない思い出を忘れていた俺はやっぱりハラを切るべきだ！」

『切るな切るな！』

再びドスを取り出した恋太郎を、皆で取り押さえる騒動などもありつつ。

「けど……結局、なんで俺は記憶を失ってたんだろう……？」

「隕石が頭にぶつかったからでしょ」

唐音がノータイムでツッコミを入れるが、恋太郎は首を横に振る。

「全部を思い出した今だから断言出来るけど、隕石が頭にぶつかったくらいで愛しい皆との記憶を忘れるはずがない！」

と、言い切った。それだけなら、根拠のない妄言とも取れるが……。

「それに、隕石がぶつかった後もしばらく記憶は残ってたんだ」

『えっ……？』

続いた言葉に、彼女たちも首を捻った。

「その後で急に眠気が差してきたかと思えば、起きたら記憶を失ってたんだよなぁ……」

不可解な事象、謎は深まるばかりである……が、しかし。

「まぁまぁ、結局は思い出せたんですからいいじゃないですか」

羽香里の言葉に、それもそうかな？　という雰囲気が流れ始め。

誰から提案するでもなく、自然と屋上へと足が向かっている一同なのだった。

◆　◆　◆

「ふっ……自力で運命を引き戻したか」

そんな恋太郎ファミリーを陰から見つめる一つの影。

その正体は、不審者……ではなく、恋愛の神様である。彼が手にしているのは、恋太郎の運命について書かれた資料だ。先程まで黒く塗り潰されていた『運命の人』の欄に、今はハッキリと彼女たちの名が浮かび上がっている。

そう……流石に、理由も無しに記憶喪失になんてなるわけがないし伏線も無しに突然隕石が降ってくるわけもないのである。

「諸事情により、運命の人が塗り潰されてしまった時はどうなることかと思ったが……」

その塗り潰しによって、恋太郎には運命の人が存在しないということになってしまった。

ゆえに、運命の人として出会った彼女たちの記憶も失った。

そして記憶を失った恋太郎と彼女たちでは愛し合って幸せになっている状態とは言えず、

それどころか不幸寄りの状態で、なんやかんやあって死ぬ運命に引き寄せられて隕石が飛来したわけである。そして再び結ばれたことにより、運命の人を取り戻した。

「やはり、大した男じゃ」

と、後方神様ヅラで手を叩いているこの男であるが。

「豚《ぶた》たちの中から両親を探すクイズに対する千尋《ちひろ》の答えと同じくらい感動した！　ブラボー‼」

さっき仕事をしながら観ていた某神隠しの映画（初見）で、「大当たり〜‼」の場面が訪れた瞬間にも「ブラボー‼」と拍手。その拍子にコップを倒して恋太郎の運命の人の欄にコーヒーをぶちまけてしまった、というのが『諸事情』の正体であり。恋太郎にバレたら神社を燃やしに来かねない気がするので黙っとこ、と密かに誓う神であった。

君のことが
大大大大大好きな
100人の彼女

番外恋物語 ～シークレットラブストーリー～

本書は
書き下ろしです。

KIMINOKOTOGA
DAI×5SUKINA
100NINNOKANOJO

君のことが大大大大大好きな100人の彼女
番外恋物語
～シークレットラブストーリー～

発行日
2023年 7月24日［第1刷発行］
2024年11月29日［第3刷発行］

原作
中村力斗
作画
野澤ゆき子
小説
はむばね

装丁
東野裕隆
編集協力
長澤國雄
担当編集
福嶋唯大
編集人
千葉佳余
発行者
瓶子吉久
発行所
株式会社 集英社
〒101-8050　東京都千代田区一ツ橋2丁目5番10号
電話
【編集部】03-3230-6297
【読者係】03-3230-6080
【販売部】03-3230-6393（書店専用）
印刷所
共同印刷株式会社
©2023 R.Nakamura/Y.Nozawa/Hamubane
Printed in Japan

造本には十分注意しておりますが、印刷・製本など製造上の不備がありましたら、お手数ですが小社「読者係」までご連絡ください。

古書店、フリマアプリ、オークションサイト等で入手されたものは対応いたしかねますのでご了承ください。

なお、本書の一部あるいは全部を無断で複写・複製することは、法律で認められた場合を除き、著作権の侵害となります。

また、業者など、読者本人以外による本書のデジタル化は、いかなる場合でも一切認められませんのでご注意ください。


ISBN978-4-08-703530-8 C0293

検印廃止

JUMP j BOOKS：http://j-books.shueisha.co.jp/

本書のご意見・ご感想はこちらまで！
http://j-books.shueisha.co.jp/enquete/